野球俱樂部事件

唐嘉邦——著
島田莊司——講評
張國立——導讀

關於【金車・島田莊司推理小說獎】

華文世界近年來掀起了一股推理小說的閱讀風潮，大量日本、歐美的推理作品被譯介出版，也深受讀者喜愛。金車教育基金會為了鼓勵華文推理創作、發掘年輕一代深具潛力的推理作家，加深一般大眾對推理文學的討論與重視，獲得日本本格派推理大師島田莊司首肯，舉辦兩年一屆【金車・島田莊司推理小說獎】。

誠如島田老師的期待：「向來以日本人才為中心推理小說文學領域，勢必交棒給華文的才能之士，我可以感覺到這個時代已經來臨！」期盼透過這個獎項讓更多人投入推理文學之創作，帶給讀者嶄新的閱讀時代。

這項跨國合作的小說獎已邁入第六屆，在島田先生和皇冠文化集團支持下，將致力華文推理創作推廣到世界各個角落，讓此一獎項不僅是華文推理界的重要指標，更是亞洲推理文壇的空前盛事，期盼未來華文推理作家能躍上世界推理文壇。

［推薦序］

歷史版鐵道殺人事件

（本文涉及部分情節設定，請自行斟酌閱讀）

名小說家／張國立

火車是極佳的殺人場所，一九三四年一月一日出版的《東方快車謀殺案》，作者阿嘉莎・克莉絲蒂將命案布置於行駛於雪地的快車上，所有乘客乃至於服務員都是嫌疑犯，唯一例外的是恰好也搭乘這班車的名探白羅。

封閉的空間，十三名嫌犯與矮小、蛋頭、潔癖的偵探對決，成為推理小說的經典。

一九七八年，西村京太郎的《寢台特急殺人事件》出版，東京出發往鹿兒島的臥鋪特快車「はやぶさ」發生命案，開啟一系列的「鐵道殺人」的推理小說，風靡至推理迷手持JR鐵道時刻表追索小說裡十津川警部的辦案路線。

日本的鐵路發達，浪漫的旅行氣氛和密閉車廂結合出特殊類型的小說，破案關鍵往往是時刻的「交叉點」、路線的「交疊點」。我一直以為台灣不可能出現「火車殺人事件」，畢竟台灣的鐵道太單純，東西海岸各一條，缺少「交叉」與

「交疊」的懸疑和知識。

我錯了，大錯特錯。

《野球俱樂部事件》整理出日本殖民時期的台灣鐵道，不僅打開歷史的神秘窗口，也啟動兇手殺人的構思。

昭和十三年的十月三十一日藤島慶三郎未參加當晚的「球見會」，搭上晚上七點二十二分台北開的「五三」號臥舖列車往高雄。

同一天晚間另一名「球見會」的成員鹿沼雄介則搭稍晚，十點三十分的「急3」臥舖列車也去高雄。

藤島慶三郎被殺。

「五三」號死亡列車於翌日凌晨兩點三十五分駛抵嘉義，一名可疑男士坐在車站等六點整從嘉義站出發往北港的「大日本製糖鐵道北港線」，但未去北港，在竹圍即下車，從此消失。

同一天，十月三十一日晚上十一點四十分，從新店駛往萬華的「北鐵新店線」上發現一名中毒的死者，也是「球見會」的成員陳金水。

陳金水被殺，或自殺。

三班列車、兩條鐵道，一個「交疊點」：萬華車站。殺手怎麼利用一個點與有限的時刻「交叉」，在不同的列車上，殺死兩人？

作者的野心不僅於鐵道殺人，隨著「球見會」這個棒球球迷組織，拉出一九三八年（民國二十七年）時，台日之間的野球關係，三名球見會成員都急著想拉攏「高雄商」二刀流明星球員大下弘畢業後進自己的母校讀書，增強母校棒球隊的實力，而死者藤島正是其中之一。

奉命偵辦此案的是台北南署刑事課刑警，本島人的李山海與內地人的北澤英隆。隨著他們的調查，再拉出一九三八年與之前日本殖民下台灣的生態：

「北澤卻已經是警部補，李山海則還是巡查部長。」而且李山海清楚，雖然他的表現超過北澤，雖然北澤也敬重他，但「本島人永遠都不會變成內地人」。

李山海並未因此沮喪，他努力追查線索，於作者的引領下，不知不覺一步步走進人生DNA的軌跡中，揭露兩起台灣人民抗日行動：一九一五年的「西來庵事件」與一八九五年「芝山岩事件」。

沒有人能逃離過去。

不只是一本推理小說，讀者跟隨偵探李山海回到殖民時代的台灣，沒有歷史課本裡的隱晦，沒有學者專家間的名詞爭論，而是興奮與好奇地邁過時空隧道，走入熟悉卻又陌生的台灣。

閉起兩眼，想像你搭乘的捷運是木地板與木條座椅的舊式火車，經過螢橋、古亭町、水源地、公館、十五分……說不定你如李山海下班回淡水般，不小心睡著，猛然醒轉，發現車子竟行駛於江頭與竹圍間的隧道內……

濃濃的柴油味，伸手不見五指，不用慌，作者只是小心地帶我們回家而已。

楔子、野球俱樂部

昭和十三年[1]十月三十一日，台北。

華燈初上的台北，街頭五光十色，男男女女川流不息。廣闊的三線路[2]上車水馬龍，榮町的菊元百貨店擠滿顧客，本島人聚集的大稻埕更是人車雜沓。在這裡，所有新奇的事物全部都找得到，無論是電影、戲劇、音樂、美食、賽馬，還是野球，儼然一副摩登大都會的模樣。

儘管中日開戰已經超過一年，烽火從北平、上海、南京，一路蔓延到山西、河南、江西、廣東。但畢竟戰場在遙遠的中國大陸，不要說日本本土，就連海峽另一端的台灣，也依舊感受不太到戰爭的氣息，一般人的日常生活並無改變。

今年二月時，台北松山機場遭到漆有中華民國國徽的蘇聯空軍志願隊[3]軍機空襲。雖然一度造成居民的恐慌，不過，因為空襲就僅只這一次，幾個月下來，大家也漸漸遺忘曾經嗅到的一絲硝煙。

馬照跑、舞照跳，一切似乎都和過去沒什麼兩樣，這個以台北車站為中心的

「島都」依舊耀眼。

台北車站對面的鐵道大飯店[4]後方，有一間名為格蘭斯勒（Grand Slam）的咖啡館，這裡表面上看起來是間普通的咖啡廳，但其實它還是一群野球愛好者的聚會之處。熱愛野球的老闆野塚尚，三年前一手創立了「球見會」俱樂部，每週一晚間六點到十點，邀集愛好野球的朋友在店內一起針對各地的野球比賽進行討論，甚至發表評論在報章雜誌上刊載。

十月三十一日星期一，這天是今年東京六大學聯盟[5]秋季聯賽最後一天的比賽日，也是本季眾所矚目的早慶戰[6]第三戰。

兩年前日本職業棒球正式開打，在此之前，六大學聯盟與社會人都市對抗賽[7]無疑是日本水準最高的野球比賽。即便如今職棒已進入第三年，六大學聯盟依舊是人氣第一的比賽。畢竟草創時期的職棒，沒人說得準未來性如何，不只是球迷，連許多球員也仍抱持著觀望態度。

原本這場早慶戰應該在前一天週日進行，但因雨延到這天中午十二點。由於負責台灣地區實況轉播的台北放送局[8]，在週一中午已有固定排好的廣播節目，便將比賽的放送延至晚間六點播出，剛好是「球見會」的固定聚會時間。

晚間十點已過，「球見會」的活動時間結束，成員陸續離開，咖啡館內只剩下兩名男子在閒聊。

一名身穿整齊西裝，舉止高雅的男人，看著自己稍早邊聽比賽廣播時邊做的球賽紀錄表，似乎對已結束的比賽仍意猶未盡。

他是鹿沼雄介，雖然年紀還不滿四十歲，但已經是知名大型企業「大城戶商事」在台灣的負責人，可說是整個「球見會」中，身價最高的男人。

「這一季的早慶戰還是好精采啊！雖然只是用聽的，但總感覺像身處神宮球場一樣，令人熱血沸騰。」剛剛聽完比賽放送的鹿沼，仍然興奮地沉醉在賽事過程中，一點都不像大會社負責人的樣子。

「鹿沼兄是立教大學出身的，之前常去神宮吧？」留著兩撇灰白鬍子，年約五十歲的咖啡店老闆野塚，坐在一旁的椅子上，蹺著腿品啜著咖啡。

「我在立大念書時，神宮球場剛啟用，只要有空都會去看呢！那年天皇御覽早慶戰[9]時，我也在現場。」鹿沼回道。

鹿沼過去曾在東京求學、工作過，現場接觸大比賽的機會自然也高。但說到看球的資歷恐怕還比不上野塚，他才是個真正的野球癡、野球狂。

四年前，美國大聯盟明星隊來日交流，他為了親眼目睹傳奇球星貝比·魯斯、賈里格、法克斯[10]等人的表現，跟著大聯盟明星隊轉戰全日本。不要說曾去過東京的神宮、關西的甲子園等名球場，他從北海道的函館球場到九州的小倉球場，一場不落地把十八場比賽全部看完。

兩人的話題回到今天的比賽，早稻田大學繼前天以七比五獲勝後，今天再度以三比二險勝，在這季的兩場早慶戰中，以兩戰全勝力壓慶應大學。

看著張貼在牆上自製的六大學聯盟積分榜後，野塚邊說：「這次慶大在早慶戰的連續兩場敗仗，可是讓本季的優勝拱手讓給明大了。」

今年秋季聯賽優勝的冠軍錦標是由明治大學與慶應大學爭奪，在最後一週的早慶戰之前，明大以七勝一敗二和暫時領先六勝一敗一和的慶大。因明大已沒有比賽，如果慶大在這早慶二連戰中能取得連勝，將會逆轉登頂奪冠。

不過，排名第三的早大雖然已經奪冠無望，但面對死對頭慶大卻絲毫沒有放水的意思，連續贏下兩場分數接近的比賽，也終結慶大本季的冠軍夢。

「早大算是報了去年秋季輸給慶大後，也輸掉優勝的一箭之仇了。」鹿沼想起去年秋天的早慶戰。去年與今年正好相反，慶大在早慶戰中獲勝，讓早大在冠軍爭奪中落敗。

聚會時間已結束，但這兩人仍在格蘭斯勒咖啡館，針對剛剛收聽的早慶戰廣播，饒富興致地進行賽後討論。

其實這一天原本固定會出席聚會的七個人，只來了四個人。除了身為社會人球隊鐵道部野球團的投手渡邊大陸，早早就告知因球隊要到高雄移地訓練會缺席外，另外還有兩人臨時沒來。

「好在藤島先生今天沒來，否則慶大在早慶戰連輸兩場，還輸掉優勝，他不大發脾氣才怪。」身為俱樂部創始者的野塚，對於常常因為比賽結果不如己意而大發脾氣的藤島，顯得有些頭痛。

藤島是指公司設在新起町[11]的藤島興業社長藤島慶三郎，慶應大學出身。

「藤島沒來還不稀奇，每次聚會從不缺席的陳沒到才令人奇怪。」鹿沼雄介似乎更在意另一名缺席的成員陳金水。

陳金水是「球見會」七名主要成員中，唯一一名本島人[12]，在萬華經營一間叫做隆昌商行的小生意。

談到了陳金水，野塚忽然想起什麼，喃喃自語道：「話說他們兩個人的關係還真是差啊！」

原來，上一週的聚會，在討論嘉義農林與早稻田大學出身的吳明捷[13]時，藤島與陳發生了嚴重口角。講究出身，並以身為內地人與慶大校友自豪，向來瞧不起本島人的藤島，對於早大的吳明捷發表了無情批判。

「早大就是用了低等人當球員才會被人瞧不起！」「職業野球也不敢參加，孬種。」最後竟然還眼睛直盯著陳金水，指桑罵槐地加了一句：「果然清國奴就是清國奴！」

長期以來，藤島一直對俱樂部裡有本島人相當不滿，不只一次要求野塚將陳金水從「球見會」除名，更時常當著陳金水的面，說著各種冷嘲熱諷的歧視言語。而不斷隱忍的陳金水，那天被這最後一句話中的「清國奴」徹底激怒，衝向藤島將對方按倒在地並揮拳相向，雙方扭打成一團。

雖然兩人馬上被眾人分開，但心生怨恨的藤島隨即到警局報案，找來警察要抓陳金水，所幸其他成員將前來處理的巡查打發走。但藤島與陳之間的恩怨似乎越結越深，再也無法化解。

「藤島今天下午有先來店裡，他跟我說晚上會提前去高雄。」野塚說道：「他說臨時有事，要搭今天晚上七點二十二分的『五三』號列車出發。」

「原來如此，難怪我問他要不要參加聚會完後，一起搭今晚十點半的『急3』號時被他拒絕，不知道他那麼晚去高雄做什麼？」鹿沼十分不解。

「五三」與「急3」都是基隆往高雄間縱貫線臥鋪列車的型號，「五三」是晚間六點二十五分從基隆站出發，七點二十二分行經台北站；「急3」則是晚間九點四十五由基隆發車，十點三十分行經台北。

明天十一月一日，明治大學出身、「球見會」成員渡邊大陸所屬的鐵道部[14]野球團，將在高雄和高雄商業學校[15]進行練習賽。立大出身的鹿沼、慶大出身的藤島，也為了這場比賽分別要連夜搭車南下，但他們並非是為了要替好友渡邊加油，反而是要和渡邊競爭，三人為了爭取高雄商的王牌投手兼第四棒大下弘畢業後能前往自己的母校就讀，將在賽後對大下進行遊說。

「那個大下弘，實力真的有那麼強嗎？值得你們三校的校友無論如何都想要爭取。」野塚對於沒親眼見過的大下弘，持著保留態度。

「今年夏天，高雄商出場全島中學野球大會[16]時，在圓山球場[17]的比賽我去看了，大下的打擊實力確實出類拔萃，可惜球隊實力太弱，在台灣有嘉農、嘉中擋在前面，我看他畢業前都去不了甲子園。」鹿沼如此評論。

鹿沼對自己像個球探般說話，不禁揚起了微笑，繼續說道：「我不會看錯的，大下會是引領野球界下個世代的巨星，我一定要為母校爭取到他。最高水準的六大學聯盟，必須要有這種最高等級的選手加入才行。」

「職業野球開始了，六大學以後還會是最高等級的比賽嗎？會不會過了幾年就消失了，時代可是轉動得很快啊！」野塚在感嘆著。

以身為六大學校友自豪的鹿沼反駁：「沒這回事，六大學野球不會消失的，我想即便過了百年，六大學的球兒還是會在神宮球場繼續閃耀著。」

此時，牆上的時鐘指針指向晚間十點二十分，鹿沼要準備出發，從這裡只要橫越馬路就能到達台北站，他要搭上「急3」號臥鋪列車前往高雄。

野塚也站起身，「車站就在對面，我送你一程吧！」

「也好，麻煩你了。」

兩人連袂步出咖啡館，走向台北車站。

一、末班車

台北鐵道株式會社[18]經營著台北地區唯一的私營鐵道路線，這條連接萬華到新店的單線鐵道是「北鐵新店線」[19]，全程約十公里，和北邊的淡水線同是大台北重要的大眾運輸線路。其最重要的樞紐車站為「北鐵萬華」站，和總督府鐵道部所轄縱貫線上的萬華站共用同一站體。

十月三十一日晚間十一點四十分，一輛僅有兩節車廂的列車，正徐徐進入新店線的終點站「北鐵萬華」站。這是當天晚間十一點十五分，從新店端的「郡役所前」[20]站發出的末班車。

坐到終點站的乘客並不多，車到站後陸續下車。身兼列車長的駕駛，這時才得以離開駕駛室，進入車廂內做最後的巡視。

當駕駛進入第二節車廂後，發現最後一排座位還有一名乘客未下車，一個男人低著頭像是睡著了。駕駛走上前去，發現男子右手上拿著已開瓶的一升瓶裝清酒，是有名的牌子「白鶴」[21]。

男子看起來是在車上喝酒喝醉了，駕駛心想：「又來了，每隔幾天就會碰到這種喝醉酒的乘客，還好這次沒吐在座位，要不然就難清了。」

駕駛走到男子身旁，先是用日語輕聲叫著：「這位先生，終點站到了，請下車。」發現對方不為所動後，駕駛改用台語並提高了音調再喊一次，同時拍拍男子的肩膀，想將他叫醒，但依舊沒有任何反應。

對方遲遲沒有回應，駕駛心中有了不祥的預感，看了看男子的面容，有點擔心地將手伸去想確認是否有鼻息。

果然感覺不到呼吸！還聞到淡淡的杏仁味。

從來沒看過死人的駕駛，驚慌失措地跑下車，對著月台上的同事大喊：「出事了！快報警！」

萬華站所屬的轄區為台北南警察署[22]，管區的新富町派出所離車站不遠，巡查很快就趕到現場，確認男子已死，一邊通知警署刑事課派員前來調查，一邊趕緊尋找目擊證人，所幸在車站玄關找到兩名尚在等待家人來接的同車廂乘客，希望能釐清案情。

其中一名同車乘客表示，他坐在車廂車門旁，從頭到尾都沒注意過死者是否坐在車內，但可以確定從他自「景尾」[23]站上車後，並沒有看到死者上車。另一名乘客則指出，他從「古亭町」[24]站上車後，走到車廂後方找座位時，有看到死者坐在最後一排的位子上，但以為是在睡覺。

兩名乘客都表示，死者在車上毫無動靜，沒有引人注意的地方，應該也沒有人上前與之談話。

台北南署刑事課刑警李山海和北澤英隆是當夜的值班刑警，這件案子理所應當落到他們身上，兩人在剛過午夜十二點後就接到通報，隨即趕赴案發現場了解狀況。

這兩名刑警雖是同期進入警界，但李山海稍長兩歲，在刑事偵查上的實務表現也較北澤突出許多。不過，北澤卻已經是警部補[25]，李山海則還是巡查部長[26]。對此，警署高層給他的說法是：還沒有本島人升任警部補的先例。對此，李山海很坦然，因為現實就是如此，他知道「本島人永遠都不會變成內地人」。

儘管如此，李山海並不討厭他的搭檔北澤，甚至還滿喜歡他的。可能是因為出身四國的北澤，其個性單純，卻富有正義感，拒絕向世俗的種種虛假低頭。且兩人間的相處並沒有階級的差異，北澤也從不因李是本島人而歧視他。相反地，在偵查中，李山海才像是主導的人，而北澤更像是助手，也對李的偵搜專業相當敬佩。

李山海和北澤進入發現屍體的車廂後，管區巡查立刻前來報告。報告指出，第一個發現屍體的是列車駕駛，時間為晚間十一點四十二分，死者身上尚未出現屍斑，應是剛斷氣不久，初步鑑識死亡時間不超過兩小時，死亡原因應是喝進了摻在酒瓶裡的氰化鉀。

另外，從死者身上找到北鐵的定期通乘券，死者應該是住在文山郡新店街[27]的陳金水，同時還在其外套中發現一個裝有五張一百元鈔票的紙袋。

「哇！誰會在身上帶五百元啊？」北澤看到這麼大一筆錢，不禁脫口而出，畢竟他一個月的薪俸也不過三十五元，幾時一次看過那麼大筆現金。

根據同車乘客的證詞，死者應該是在「景尾」站之前就上車，經查離死者住處最近的車站為「公學校前」[28]站。因為該站是無人招呼站，上車的乘客須直接向駕駛出示車票或補票，但該班車駕駛並未在「公學校前」站發現死者上車。

同樣地，駕駛也未在「七張犁」[29]和「二十張」[30]兩個無人招呼站見到死者上車。因此，初步研判死者應該是從「大坪林」[31]、「新店」[32]、「郡役所前」這三個有人車站其中一站上車，然後在車上喝下摻有氰化鉀的清酒身亡。至於是自殺還是他殺還有待調查。

由於死者不可能是死後才被人搬到車上，這樣目標太顯眼，一定會被發現。因此，雖然鑑定死亡時間是在兩小時內，但可依據開車時間更精確判定死亡時間，應該在末班車從起站「郡役所前」開出後，到「景尾」站之間，也就是晚間十一點十五分到十一點三十分間。

北澤一邊拿出剛剛北鐵工作人員提供的新店線路線圖，一邊聽著管區報告。

北鐵新店線路線

萬華—馬場町—螢橋—古亭町—仙公廟—水源地—公館—十五分—製罈
會社前—景尾—二十張—公學校前—大坪林—七張犁—新店—郡役所前

「是自殺嗎？但又沒有看到遺書。」北澤聽完管區的報告後，想要轉頭詢問李山海的意見，赫然發現他竟一屁股坐在死者旁邊座位上，模仿著死者的姿勢，頭仰靠著椅背，並假裝右手拿著酒瓶，左手拿著瓶蓋。

看著李山海默不作聲，似乎在想些什麼，北澤忍不住問了句：「這個姿勢有什麼特別的嗎？不就是打開瓶蓋喝了毒酒後死亡的姿勢嗎？」

李山海搖了搖頭，「我也不知道，但就是覺得哪裡怪怪的。」

隨後他對著管區巡查說道，「先聯絡死者的家屬吧，確認死者之前是否有輕生念頭，還有身上那五百元是怎麼回事？」

管區巡查大半夜出勤心情已經不好，現在還要聯絡死者家屬，看來似乎不太樂意。他認為，死者家遠在新店街的大坪林公學校附近，即便立刻聯絡文山郡警察課[33]轄下的當地派出所通知家屬，但現在已經過了午夜十二點，家屬要前來認屍可能也要一大早才有辦法到達，乾脆天亮再聯絡。

「還是早點告知家屬吧，搞不好家人正在等他回去呢！」看著眼前男子的屍體，想到正在等著死者回家的家屬心情，李山海心有不忍。

「可是……」

「拜託啦，麻煩你了。」儘管自己的位階更高，李山海還是陪著笑臉請求巡查幫忙聯絡，但神情卻不容對方拒絕。

二、臥鋪列車帶來的屍體

高雄向來是台灣重要的軍事、交通、經濟之處，也是帝國南方邊陲的重鎮。為此，總督府在高雄港邊建立起占地廣闊的高雄車站[34]，至今已卅年。兩年前高雄州[35]當局發表了「大高雄都市計畫」，計畫在市區另建新的客運車站[36]，讓原車站專辦貨運。承載南來北往乘客心情的老高雄車站，開始步入倒數計時。

十一月一日凌晨五點多，天空尚未露出魚肚白，值班的高雄警察署[37]刑事課警部補石上光男就接到高雄車站發現命案的通知。前一天晚間由基隆開往高雄，在凌晨五點十八分到站的「五三」號臥鋪列車裡，出現一具男子屍體。

屍體現場是在頭等臥鋪車廂裡的一間單人房，死者為台北的藤島興業社長藤島慶三郎，他的左胸口遭刀刺入，一刀斃命。據乘務員指出，大約四點五十分時，他曾一間間敲門提醒乘客即將到站，當時藤島的房內沒出聲回應，他並不以為意，以為乘客還在睡覺。等到列車到站後，所有乘客都下車，僅剩藤島的房門仍然緊閉，他才發覺有異，打開房門後就發現屍體仰躺在地。

石上到達現場勘驗屍體後，從屍體僵硬程度與屍斑分布來看，死者可能已經死亡至少八、九小時。檢視死者的傷口，作為兇器的短刀幾乎整支沒入體內，顯見兇手力大，可能是男性，而且是左撇子。加上命案現場並沒有發現明顯的打鬥痕跡，藤島所攜上車的行李財物也未損失，車窗並未打開，可以排除強盜殺人後跳車逃逸，研判應是在車上結識的朋友或是熟人作案。

石上找來該車廂配置的專屬乘務員問話：「你最後一次看到死者是什麼時候？」

「列車從台北開出沒多久，大約是七點半的時候，看到他和另一名男子，從後面車廂走進來，隨後便一起進了房間。我猜兩人應該是原本就認識的。」

「不可能是在臥鋪列車上認識的嗎？比如在餐車上用餐結識的？」

「我想不會，畢竟列車才剛開動，死者還沒時間去餐車，想要在車上認識新朋友也沒那麼快。」

石上點點頭，繼續問道：「那個男子有什麼特徵？」

「中等身材，頭戴灰色貝雷帽，穿著黑色大衣、西服褲、皮鞋，戴著白色手套，還戴著白色圍巾，但臉部因為被圍巾遮住大半，所以沒看清楚他的臉。不過，看起來像是有點身分的人。」

「你有看到那個男子從藤島的包廂走出來嗎？」

「沒有，因為我那時正在各房間鋪床，並沒有坐在走道的位子上。」

「你沒有進藤島的房間鋪床嗎？」

「死者的房間是在他和那個男子一起進去之前就鋪好的。」

「你是幾時回到走道座位上？之後有沒有看到別人進出那房間？」

「我完成所有鋪床作業，回到座位大約是晚間八點十分，之後我一直待在位子上，沒有看到任何人進出那個房間。」

石上猜想，如果乘務員八點十分回到座位後，就沒看見房間有人進出，代表犯案時間一定是在七點半至八點十分之間，那麼兇嫌犯案完後能去哪裡呢？列車一直在行進著，兇手有可能先出來躲在廁所，然後在途中某一站下車逃逸。

他翻開時刻表，這班「五三二」號臥鋪車從台北開出後不久兇手隨即犯案，當時列車應該正行駛過樹林或山子腳[38]一帶，接著沿途停靠站有桃園八點十五分、新竹九點三十三分、台中十二點十分、彰化十二點四十分、嘉義兩點三十五分、台南四點十分、高雄五點十八分。

因此，首先要請高雄站方聯絡沿線各車站，請當時值班人員回想有無符合該男子特徵的人物下車。當然，兇嫌很可能會先在列車上換裝，以規避追查。接著，要先弄清楚死者藤島慶三郎的進一步背景，平時有無與人結怨，這方面必須要商請台北的警察幫忙。

這時車站的時鐘時針指向六點，天空已經逐漸泛白。

原本以為調查兇嫌逃亡途徑要花一段時間，沒想到透過車站的電話向沿途停靠站逐一詢問後，竟然很快就有了線索。

嘉義站人員在聽了該名男子的特徵後，很快就給予了回覆，來電的是嘉義站的站長，高雄站方連忙把電話轉交給石上。

「你們確實有看到一個頭戴灰色貝雷帽，穿著黑色大衣、西服褲、皮鞋，戴著白色手套、圍巾的男子，自兩點三十五分到站的臥鋪列車下車嗎？有沒有弄錯的可能？」對於如此快速就找到目擊者，石上感到有些不踏實，再次確認了追查目標的服裝特徵，生怕對方搞錯。

「應該不會錯，因為這樣的裝扮很顯眼，而且『五三』號在嘉義只有兩、三個乘客下車，站員不會漏看。」

「知道他下車後去了哪裡嗎？」

「他哪裡都沒去，一直待在嘉義站。」

「什麼？」石上相當訝異這個答案。

「準確地說，他是待在『糖鐵嘉義』站[39]的候車室等車。」

「等車？」

「對，他在等六點整從嘉義開往北港的『大日本製糖鐵道北港線』[40]的首班車，因為那時候車室裡等車的多半是當地的莊稼人，或是要去北港朝天宮做生意的商辦，他的穿著太特別，和其他候車的人明顯不同。」

「有任何人和他講話嗎？」

「應該沒有，糖鐵的工作人員看他身分好像很高貴，怕怠慢了重要人物，曾問他是否要到辦公室裡休息，但他只擺擺手以示拒絕，連聲都沒吭。」

「所以他直到剛剛都還待在那裡？」

「對，不過十五分鐘前他已經搭了往北港的首班車離開了。」

差一點啊！石上相當地懊惱，不過還來得及。

「請你們趕緊向沿線車站聯絡，看到此人下車務必將其留置，並聯絡鄰近派出所，此人是我們正在追查的疑犯，我們也會先向嘉義警察署[41]尋求支援。」

正當以為此案關鍵人很快就可到案時，一個多小時後，嘉義署來電，稱該名男子在搭乘北港線後，只過了一站就在鄰近嘉義的「竹圍」[42]站下車，該站為沒有站房的無人招呼站，所以男子離開月台即自行離去，列車駕駛不知他去向何處。目前已經通知當地派出所派員出面查訪，看能否找到一點蛛絲馬跡。

這是什麼狀況啊！

先大搖大擺地在嘉義站待了三個多小時等轉車，然後搭車只搭一站就下車消失無蹤。石上完全搞不懂這男子的行動，原本還懷疑此人是否和此案無關，就現狀看來這個人實在可疑，必須盡早找到他。

《憶一・照票》

阿義是公學校[43]裡的優等生，每次考試總是名列前茅，這要歸功他出身自書香世家。阿義的父親是前清時代的秀才[44]，曾經渡海赴福州參加鄉試[45]，是鄰近各庄無人不知的名人。

由於鄉下地方鮮少人有功名在身，即便日本已經治台近二十年，但至今大家仍然尊稱他「秀才爺」，家裡的三合院祖厝也被稱為「秀才厝」。

阿義的父親和所有傳統讀書人一樣，先是考取「童生」[46]後，又通過歲試[47]，取得了「生員」[48]的頭銜，也就是俗稱的秀才，接著又經過科試[49]後，才獲得應考鄉試的資格。甲午那年八月頂著秀才頭銜赴福州應甲午科福建鄉試[50]，那時他才二十四歲。

沒想到甲午科鄉試隔年，台灣就被割讓給日本，在「住民去就決定日」[51]之前，阿義父親的同窗曾經勸他內渡，以繼續科舉求仕之路。但是不巧遇到阿義的祖母生病，孔夫子曾曰：「父母在，不遠遊」，身為孔孟儒生且至孝的他，最終選擇留在台灣侍奉老母，也從此斷了自己的功名之途。

長年臥病在床的阿義祖母，自責因為自己生病讓兒子無法圓夢，將遺憾終生。曾經多次對著兒子近乎哀求地說：「不用為我誤了前程！」

但每次只要談到這個話題，阿義父親總是帶著開玩笑的語氣安慰著母親，甚至還引《儒林外史》[52]中著名的「范進中舉」[53]為例：「去了也不見得能考中，我可不想在異鄉待到像范進那般年紀才中舉。」

儘管無法藉由科舉入仕，但阿義的父親似乎並不以此為憾，平時總是笑臉迎人，毫無對自己際遇有任何抱怨的感覺。他在家開設漢學私塾教授四書五經，偶爾替人代筆寫信，逢年過節還幫鄉里人寫春聯、題詩，加上家中尚有些許祖傳耕地，世代租佃可收租，零零總總的收入加起來，雖稱不上豐厚，但至少生活比一般人家還稍好些。在阿義看來，父親現在的日子過得很自在。

阿義從有意識開始，就在父親開設的私塾裡讀書，他天資聰穎，能過目不忘，以至於到了能進公學校的年紀時，漢學程度就已經比學校老師要高得多。

阿義今年已滿十三歲，即將要從公學校畢業。一般來說，公學校畢業就算大人，可以外出工作。但阿義希望能進入去年才剛成立的總督府台南中學校[54]繼續升學。雖然聽說台南中學校幾乎只收日本學生，但他有自信，在課業程度上，就算是和尋常小學校[55]的日本孩子相比，一定也是自己更好。

鄰里的人都說：「要是放在過去，阿義一定也和父親一樣，能在科考上一展長才，說不準還能來個父子同榜！」

每當聽到這種言論，阿義的父親總是淡淡一笑，不作任何回應。其實阿義的父親並不像其他傳統讀書人，對日本帶來的新式教育有強烈的牴觸，相反地他一直鼓勵阿義要好好在公學校學習。他知道時代早就不一樣，往後想要出人頭地，已不能指望過去的漢學教育。

阿義的母親在他剛出生時就過世，從小他就和父親與祖母一起生活，三年前祖母也離世後，便是阿義父子二人相依為命。即使如此，阿義仍認為這樣生活是幸福的，也對有個能適應新時代卻保有古風的父親而自豪。

對阿義來說，父親是個仰之彌高的存在，他希望自己長大後也能成為像父親那樣知書達禮、博古通今的知識分子。

這天放學，阿義從學校走回家，遠遠就看到家門口前擠滿了圍觀的街坊鄰居，他生怕家中出了什麼事，連忙三步併作兩步奔回家中。

好不容易擠過了圍觀人群，穿越院埕站到門口前，阿義一眼看見父親坐在椅子上，正房客廳內站了五個外人，每個人都像父親一樣，還留著前清時的髮辮，穿著也都是舊式服裝。

來人中為首者正對著阿義父親，手持卷軸，另外四人站在其後，這些人有人手持大刀，有人拿著雙斧，還有人握著三叉，最後一人則掌著一支旗子，每個人手上的東西都貼著「五福王爺」的符咒，大家一副殺氣騰騰的模樣。

阿義不知道這些是從哪裡來的人，還有他們到底想幹什麼？不由得心生畏懼。

一旁圍觀的鄰居看到阿義回家，臉上還露出摸不清狀況的樣子，主動地替他解答疑惑：「他們是府城『西來庵』[56]的人，好像是來拜託你阿爹什麼事。」

正房裡傳出了話語聲。

「秀才爺，我們沒時間了，這個忙真的只有你能幫我們。」為首那人說話語氣意外地客氣，想來真是有事相求。

阿義的父親遲遲不說話，轉頭望了一眼廳中的神明桌，神明桌上供奉的是一尊菩薩，旁邊則是祖先牌位，菩薩與牌位前方，則擺著一塊似乎包覆著某種物品的綢緞，阿義知道父親正在看它，那是父親最寶貝的一樣東西。

為首那人見阿義父親仍未回應，急切地補上一句：「秀才爺你別擔心，我們是因為沒人會寫這種正式檄文，而且現在時間緊迫，所以才希望你能臨時幫忙代筆，並非邀你入夥，文章會以我的名義署名，事後絕不牽扯到你。」

阿義父親心想，說不牽扯到我，但鄰里都圍著看，人盡皆知呢！不免覺得對方所言可笑至極。

阿義父親緩緩站起身，朝著為首那人輕輕作一揖，並淡淡說道：「余公，我只問你一句話，請你務必回答我。」

被喚作「余公」的那人馬上回道：「這個當然，秀才爺請講。」

「你們的『大明慈悲國』，事成後會開科取士嗎？」

這個「余公」，沒想到秀才爺有此一問，先是一愣，但隨即答覆：「科舉乃自古重要的取士傳統，哪可能不辦？畢竟孔孟聖賢才是治國之道啊！」

重要傳統？你們大概不知道即使是唐山，也早在十年前就停止科舉了吧！[57]

阿義父親雖然心中如此想法，但並未說破。

他轉頭看到了站在門外的阿義，長長地吐了一口氣後，像是下定決心似地說道：「我知道了，有你的這句話就夠了，檄文我來寫吧！」

西來庵眾人一聽此言，興奮地叫好，為首那人隨即拿著帶來的卷軸交給阿義父親：「秀才爺，麻煩你了，我們在此等候。」

義和團拳亂都過去十五年了，如今竟然還有人以為可以憑著符咒對抗槍砲，這些人到底是裝傻還是真傻。

也罷，這都無所謂了。

阿義父親並不想花太多心力寫這篇「檄文」，既然如此就仿前例簡單做篇文章吧。他以唐代徐敬業[58]起兵討伐武則天時，由駱賓王[59]起草的《為徐敬業討武曌檄》改編，寫作一篇《大元帥余告示文》，檄文署名則為「大明慈悲國奉旨平臺征伐天下大元帥余」，交差了事。

西來庵的來人滿意地拿了檄文離開後，圍觀的鄰居則不明就裡地四散回家，只留下阿義父子倆在深夜對望。阿義直覺這件事有問題，而且彷彿會有危險，但只聽之前雙方的對話，又不知道究竟發生了什麼？

阿義幾次想要出口詢問父親，但話到嘴邊卻說不出口。因為他生怕聽到的是不想知道的事。

兩人間的沉默持續了快一晚，最後主動開口的人是父親，他對著阿義說道：「明天想去大舞台[60]看戲嗎？聽說上海的戲班來演出了。」

阿義心想，父親還有心思看戲，看來這件事也沒什麼大不了的。他總算卸下了心中大石，開心地答應父親：「我想去看戲！」

雖然這些年從宜蘭發跡的歌仔戲越來越盛行，但京戲還是相當受歡迎，特別是在上流階層及傳統知識分子間。這兩天上海來的京劇戲班，就是要在台南大舞台演出全本《玉堂春》。

《玉堂春》講述被拐賣落入風塵的妓院女子蘇三，與尚書之子王三郎相戀，但兩人立下山盟海誓後，蘇三卻被老鴇賣給山西洪洞縣一名富商。不料之後富商被其元配毒死，並嫁禍給蘇三，導致蘇三下獄，最終因不堪嚴刑逼供認罪，遭判死刑後仍心念愛人的故事。

雖然阿義父子倆都比較喜歡類似《定軍山》[61]、《李陵碑》[62]等武戲，但畢竟難得進戲院看場戲，即使是屬於文戲的《玉堂春》，兩人也是滿心期待的觀賞。

當這齣《玉堂春》演到最著名的折子《蘇三起解》時，劇場內觀眾都聚精會神地盯著舞台上的演員，只有阿義不時地望向父親。看著父親滿足的神情，阿義感受到幸福的滋味。

《蘇三起解》最經典的一段，莫過於女主角蘇三在起解前的流水板唱詞：

「蘇三離了洪洞縣，
將身來在大街前。
未曾開言我心內慘，
過往的君子聽我言：
哪一位去往南京轉，
與我那三郎把信傳。
言說蘇三把命斷，
來生變犬馬我就當報還。」

台上的蘇三唱得令人柔腸寸斷，台下的觀眾紛紛忍不住嘆息。阿義聽到父親好像也發出感嘆聲，不禁轉頭望過去，這才看到父親的神情實在是認真，似乎已經融入劇情裡，「還說不喜歡文戲呢，這不是看得挺專心的。」阿義心想。

蘇三唱完了這段膾炙人口的唱詞後，接下來便對著負責押解的衙門老差役說道：「煩老伯與我代問一聲，有往南京去的客官無有？」

阿義發現，父親的神情自從蘇三那段唱詞後越來越嚴肅，而且戲演至此，臉色更是完全大變。

當蘇三說出那句念白：「與我那三郎帶上一信，就說蘇三起解了……」父親竟然留下了兩行清淚。

這一天大批警察會同當地保正[63]來到「秀才厝」，「西來庵事件」[64]已經進入尾聲，現在日本軍警正在四處搜捕餘黨，而秀才爺就是官方口中的「土匪餘黨」。據說事件後許多村落都遭到軍方報復性屠戮，前陣子隔壁庄就傳來消息，因為當地收留過「土匪」，所以全庄男女老幼悉數被殺，房舍皆遭焚毀。因此鄉里間都很擔心會遭到秀才爺牽連，紛紛躲在家中足不出戶。

「台南廳大目降支廳[65]陳某，明治三年生，涉及夥同西來庵匪眾謀逆作亂，即行逮捕！」帶頭的警官大聲對著阿義父親宣讀逮捕令。

躲在牆角的阿義，早在發現父親看《蘇三起解》時流淚，就知道會有這一天，「父親當時是為了自己即將被逮捕而落淚吧！」阿義心中如此猜想。

阿義的父親站在正房客廳中央，身著整齊的袍褂，及腰的髮辮依舊梳理得和過去一樣整齊，手上拿著一本捲開的《宋史紀事本末》[66]，顯然剛剛還正在看。但他面對突如其來的逮捕，臉上卻看來毫不驚訝，也沒有懼怕的神色，似乎早就等著警察來抓人。

當持著手銬的巡查正要替阿義父親上銬前，他突然對著站在牆邊的阿義說道：「把神明桌上的東西拿來給我。」

父親過去一直沒有告訴阿義桌上那綢緞包覆的東西究竟為何？也不許他打開來看。阿義雖然好奇，但從未拂逆父親的意思偷看，只猜想應該是貴重的寶物。如今父親在被逮時，還想將這東西帶在身上，顯見真的是非常重要的物品。

全身仍在發抖的阿義，定了定神，走到神明桌前，慢慢地拿起那塊綢緞。這是他第一次觸碰到，只感覺好薄，但似乎感覺不到裡面有什麼。

這裡面真的有包東西嗎？所謂的「寶物」不會就是這綢緞吧。

「打開來，把裡面的東西拿給我。」父親輕聲卻不失威嚴地說道。

原來裡面真的有東西，阿義小心地打開。

咦！裡面只有一張紙，那張紙上寫著：

照　票
甲午正科[67]
福建台灣省台南府安平縣[68] 增生[69]　陳耀祖 硃墨試卷交訖 光緒二十年八月十日

父親視若生命的寶物原來是這張光緒二十年甲午科鄉試的「照票」。

清代科舉考場的流程，考生於完試交卷離開試場後，會拿到一張憑證，即稱為「照票」，證明已確定交卷且沒有私夾帶試卷出場情事，同時也是代表考生全程完成此科考試。

阿義明白了，這張照票證明了父親是前清的秀才，曾經參加過科舉考試，是父親做為傳統讀書人的證據。對他而言，這不僅是個身分的象徵，更是他畢生致力學問，且終生不悔的證明，所以他才視若珍寶。

父親從阿義手中拿到照票後，小心翼翼地將其收入懷中。

照票在身，他彷彿換了個身分。

此刻……

他不是台南廳大目降支廳土匪陳某，明治三年出生。

他是大清國福建台灣省秀才陳耀祖，同治九年生人。

他將帶著這個人生最光輝時刻的身分，迎向生命的終點。

原來阿義父親在平時展現出那種對自我際遇的淡然笑顏，都只是假象。他始終沒有忘懷失去科舉之夢的遺憾。

他早從幼時「開蒙」[70]，就決定將自己的全部都傾注在科舉功名之上。「讀聖賢書，所學何事」，無非「為天地立心、為生民立命」，做為一個讀書人，這樣的信念早已融入血液裡，怎樣也改變不了。阿義的父親窮極一生都盼望著藉由科考入仕，以便能一展抱負。

然而，失去了這個目標，對他來說剩下的人生已毫無意義，他的生命永遠停留在光緒二十年。在不需要讀聖賢書的時代裡，他度過的每一天都是煎熬。怎奈家有臥病老母、尚待提攜的稚子，他必須換上另一副面貌，帶著家人繼續在不屬於自己的時代過日子。

如今母親已離世，孩子也長大，是時候做回自己，替自己找一個死得其所的地方，以及一個能為之付出生命的理由。但他擔心會不會永遠都等不到這一天。

還好，他等到了。

對他來說，「西來庵」的出現是幸運的，他早就知道「大明慈悲國」根本不可能成功，要的只是對方那句「事成後，會開科取士」。有這句話，就能了無遺憾地為了這個目標赴死。

阿義終於知道父親為什麼在劇場流淚，他並不是害怕自己參與起事被逮捕。而是父親將自己帶入劇情角色中，特別是舞台上蘇三那句：「與我那三郎帶上一信，就說蘇三起解了……」就是他想要講的台詞。

蘇三是現在的父親，三郎則是光緒二十年的父親。他想告訴過去的自己，即便過了二十年，甚至為此身陷囹圄、丟棄性命，他也無所畏懼，因為他始終沒有忘卻初衷。

陳耀祖，既為科舉而生，也願意為科舉而死。

三、證詞

萬華站發現的死者，很快就確認是陳金水，陳妻接獲通知後，連夜從新店住處趕赴台北，在天亮前就來到警署認屍。

陳妻是名傳統婦女，沒有在外工作，偶爾會到萬華的自家店舖幫忙，平時大多待在家中照顧六歲的兒子。她到場確認死者就是丈夫後，幾乎哭暈在遺體前。

據陳妻表示，丈夫昨天一早就出門，但沒有特別說要去哪裡，應該是和平時一樣先前往萬華的「隆昌商行」顧生意。而昨晚是野球俱樂部聚會時間，理論上應該會待在俱樂部直到聚會結束。

「野球俱樂部？那是什麼？」李山海不解地問著。

「丈夫喜歡看野球比賽，加入一個同好會，叫做『球見會』，每週一晚上聚會，好像都是在台北車站附近的一間咖啡廳，但詳情我也不是很清楚。」

不太懂台語的北澤，在對不諳日語的本島人查訪時，通常都安靜地待在一旁，由李山海出面負責。這對多話的他來說實在痛苦，每次遇到這種狀況就恨不得自己能馬上學會台語。不過，事後卻又很快忘記此事。

這時一聽到「球見會」一詞，北澤馬上插話，「我知道這個俱樂部，在鐵道大飯店後面的咖啡館，報紙也常常出現俱樂部成員寫的球界專欄。」

李山海轉頭白了他一眼，「先讓她說完吧。」

陳妻指出，照理來說，丈夫結束聚會後，會從萬華站搭北鐵新店線返家，通常都在「公學校前」站下車後徒步返家，到家時間約在十一點出頭。

令陳妻起疑的地方在於，丈夫昨晚理應是由萬華坐車回新店，但屍體卻出現在由新店到萬華的末班車，實在是不合常理。難道丈夫死前數小時一直待在新店，沒有去俱樂部？

她還談到，丈夫除了喜歡看野球外，也非常喜愛杯中物，但他不是什麼酒來都豪飲下肚。他偏愛品嘗高檔酒，一旦入手好酒一定立刻開瓶來喝，但從未喝得爛醉，只是沒想到最後卻死在毒酒上。

至於死者生前是否有輕生意圖，陳妻表示，家中經營的「隆昌商行」專賣南北雜貨，由於戰爭影響，最近貨源與下家都減少。聽丈夫說，近期確實遇到資金周轉問題。

不過，陳妻相信夫君不是會因此尋短見的人，而且前天晚上，丈夫才告訴她資金問題很快就會有著落，要她別擔心。

李山海忽然想到，死者身上發現的五百元現金，趕緊詢問是怎麼一回事。

「五百元！他哪來那麼多錢？」陳妻一聽嚇了一跳，「會不會是他和俱樂部裡的人借錢，那個俱樂部裡面的人好像有不少很有身分的人？」

「好，這部分我們會調查。」

李山海接著問：「對了，妳丈夫平時有沒有和人結怨，他有告訴過妳嗎？」

「關於這個……」陳妻看了一眼旁邊無事可幹的北澤，雖然知道他聽不太懂台語，還是稍微放低了音量說：「丈夫是脾氣很硬的人，最看不慣的就是內地人狗眼看人低。聽說丈夫是俱樂部唯一的本島人，常被裡面一個內地人歧視，曾經和他發生衝突，好像還有過鬥毆。」

「知道對方是誰嗎？」

陳妻回答：「一個叫藤島慶三郎的人。」

聽了陳妻的陳述後，當務之急當然是前往「球見會」詢問昨晚死者是否有出席聚會，以及了解他與藤島的糾紛。

正當要出發前，刑事課接到一通高雄警署的來電，有一名男子死在開往高雄的「五三」號臥舖列車包廂中，請求台北南署支援調查死者背景。

同時在電話中詳述死者被發現時狀況，包括由屍體致命刀傷發現，兇手可能是一名左撇子男性等，而死者身分已被證實是台北藤島興業社長藤島慶三郎。

「藤島慶三郎！」李山海和北澤一聽到這個剛從陳金水妻子口中聽到的名

字，不約而同地高聲喊起來。

「球見會」在一夕之間有兩名成員被殺害，讓人不禁懷疑這兩件案子有某種程度的關聯，似乎和俱樂部脫不開關係。

由於台北南署位於大和町[71]，離表町[72]的「球見會」聚會所「格蘭斯勒」咖啡廳不算遠，兩人決定徒步前往。

走出警署，李山海和北澤沿著寬敞的西三線路[73]步行，馬路上汽車、人力車川流不息，轟隆隆的蒸汽列車則行駛在一旁平行的縱貫鐵道上。

每當走在三線路上，李山海就會想起父親曾經說過，三線路原本是台北城的城牆。但是自己有記憶以來，從未看有城牆環繞的台北。

當時在城牆上看到的會是什麼景象呢？

乙未那年，李山海的父親李福虎曾經為台北城籌防營的一員，拿著武器站在西門城牆上防備日軍，但最終城內守軍並未開一槍一砲就讓日本人進城。

其實李福虎並非軍人，而是淡水縣[74]衙門的捕頭，當年曾經有個「虎頭」的名號，被譽為是前清台北府四縣[75]中辦案能力最強的捕頭，算是地方上的名人。

乙未年，台灣遭清廷割讓與日本，為阻止日軍接收而成立的台灣民主國，將台北城內的民兵、義軍、衙門皂快[76]組織起來，稱為「籌防營」，李福虎就是在這樣的機緣下帶領著屬下捕快守衛台北城。

走在父親曾經駐防的地方，李山海總會想起這些父親曾經說過的往事。事實上，父親對他影響甚鉅，他會進入警界也完全是因為父親的影響關係，從小他就聽父親說著當年當捕頭時經歷過的故事，那些辦案的手法、如何突破遇到的難題，總令他心生嚮往。

此時才早上八點，咖啡廳還未營業，但從落地窗外已看到裡面有位蓄著白色落腮鬍的男人正在整理吧台。他是店主，也是「球見會」的發起人野塚尚。

李山海和北澤兩人走進店內並出示證件，野塚見到有警察上門，略感吃驚地回應：「請問有什麼事嗎？」

北澤表明來意，告知陳金水與藤島的死訊，初步研判兩人皆是遭到他殺，野塚不禁大吃一驚。

野塚表示，昨天的聚會陳金水與藤島都沒有來參加，藤島是之前就已告知要搭臥鋪車前往高雄，而陳金水則是無故臨時缺席，沒想到兩人遭遇不幸。

李山海詢問：「知道藤島去高雄做什麼嗎？」

談到這事，野塚便來了興致，也稍稍緩解緊張情緒，說起了藤島、鹿沼和渡邊三人，為了替各自母校爭取年輕新星大下弘的緣由。

「大下弘所在的高雄商，今天下午要和渡邊所屬的鐵道部野球團進行交流賽。藤島和鹿沼兩人，為了不讓渡邊搶得先機，昨天陸續搭火車南下。他們三人都想在這場比賽之後正式提出邀請，招攬大下到母校就讀。」

為了爭奪選手而引發殺機？李山海和北澤腦中同時出現了這個念頭，但再怎麼愛野球、愛母校，有可能做到殺人這個地步嗎？而與招攬選手無關的陳金水之死又是怎麼回事？

不管如何，「球見會」的成員仍是最先被懷疑的對象，北澤要求野塚列出俱樂部的重要成員，警方將一一調查。

野塚拿出成員名冊與各人填寫的入會資料供刑警參考。雖然俱樂部一共有近二十人，但實際會參與聚會、彼此間有交流往來的只有七個人，分別是：

野塚尚　格蘭斯勒咖啡廳負責人
鹿沼雄介　大城戶商事台北支局長　立教大學校友
正木勇次　台灣軍[77]司令部步兵第一聯隊少佐
渡邊大陸　鐵道部野球團選手　明治大學校友
小林雅和　台北帝國大學史學科學生
※藤島慶三郎　藤島興業社長　慶應義塾大學校友　已亡
※陳金水　隆昌商行老闆　已亡

七人之中，藤島和陳金水已死，難道兇手會是在剩下的五個人裡嗎？雖然李山海心中如此猜想，但似乎還不能妄下斷言。不過，還是先從此調查起吧！

四、創會會長

李山海向野塚借來「球見會」主要成員入會時各自填寫的基本資料，作為辦案時的參考。首先查詢的自然是此案的死者陳金水：

姓名：陳金水

出生年：明治三十五年

生身地：台灣

學歷：公學校肄業

職業：商

喜愛的野球選手：吳明捷、吳波[78]

另外，也順便查詢剛剛才得知死訊的藤島慶三郎：

姓名：藤島慶三郎

出生年：明治三十一年
生身地：神奈川
學歷：慶應義塾大學
職業：商
喜愛的野球選手：宮武三郎[79]、山下實[80]

看著這兩人的基本資料，李山海腦中描繪著兩人生前的樣貌。這是兩個截然不同的人，本島人與內地人、低學歷與高學歷，就連喜愛的野球選手都透露出彼此間的差異。因此，雙方生前會產生出的矛盾似乎也不難理解。

接著便是要陸續訪查剩餘五名「球見會」主要成員，首先接受調查的自然是俱樂部發起者野塚尚。在訊問之前，李山海先找出野塚的個人資料：

姓名：野塚尚
出生年：明治二十一年
生身地：東京
學歷：私立東京中學
職業：商

喜愛的野球選手：貝比．魯斯

今年剛滿五十歲的野塚，從他的談吐以及渾身散發出來的氣質，看得出是個經歷大正浪漫時期[81]，具有自由思潮的人。

野塚首先自我介紹，他表示自己是東京人，生性不喜歡受束縛，因為家境尚可，中學畢業後就在全國四處遊歷，由於他極為熱愛野球，便在全國各地一邊生活一邊看球。因為看球經歷豐富，加上文筆還不錯，常常在各地的報刊雜誌發表球評，順便兼作外快。

四年前他追尋著美國大聯盟明星隊巡迴全日本後，來到帝國最南方的台灣，並被這裡相較於本土更為奔放自在的氣息給吸引住，用自己所有的積蓄，在鐵道大飯店後方，租了一個店面開設這間咖啡館，並創立「球見會」。

李山海看著他的簡歷，發現了一個新奇的地方，野塚在喜愛的野球選手一欄中，用片假名寫著一個外國人的名字「貝比．魯斯」。

李山海雖然稱不上是球迷，但對野球也不算陌生，一些知名選手的名字他還是叫得出來，比如澤村榮治[82]、景浦將[83]、吳明捷等，但以片假名為名的球員他還真的一個都沒聽過。

平時有在關心野球動態的北澤，顯然認識這個選手：「貝比．魯斯你不知道？當年他來日巡迴時很轟動啊！」

「哦？他是美國人？」李山海對於有日本人最喜愛的選手是美國人這件事，感到很意外，也難以理解，畢竟現在日美間的關係十分微妙。

「我認為這個世界很大，沒必要把自己局限在日本。既然要看球，就要看技術最高超的選手，對吧？」野塚這番話的確很像是有大正思潮的人會說的話。

結束了關於野塚自身的話題，李山海切入此次案件本身。因為兇手有可能是俱樂部成員，於是請野塚先談談昨天晚間的俱樂部聚會狀況。

野塚供稱，昨晚聚會從六點開始，到十點結束。參加的人有他本人、鹿沼、正木、小林，一共四個人，只有鐵道部的渡邊因為和球隊一起移動，人已經在高雄沒來參加。而除了他是一大早就待在店裡之外，其他三人都是差不多快六點時到達店內，十點聚會結束才離開，中間沒有人離席。

在臥舖列車上被殺害的藤島，研判是在晚間七點半到八點十分間被殺，從野塚的證詞看來，在此參加聚會的人都有不在場證明。因此，最有嫌疑的莫過於是已南下高雄，要和藤島競爭新秀入校的渡邊。

但藤島的案子是高雄署主辦，對李山海他們來說，更重要的是台北南署負責的陳金水一案。

李山海要先知道的是昨晚聚會結束後野塚等四人的行蹤，特別是十一點十五分至三十分間，這是陳金水初步被推斷的死亡時間。他必須弄清楚，這四人有沒有可能和陳金水會面並贈毒酒殺害。

野塚表示，昨天聚會結束時間為十點整，除了鹿沼留得稍晚在店內多聊兩句，其他人都在十點就離開。而鹿沼在大約十點二十分時，也因為要搭十點半的臥舖列車而離開，他則陪同送到台北車站，看鹿沼上車後才又回咖啡館。

「鹿沼也是要去高雄對嗎？」北澤插話問道。

「沒錯。」

「好的，請繼續說明你昨晚的行蹤。」

野塚接著繼續談到，他回到咖啡館後，一直在店裡收拾打掃，約十一點後才離開返家。但因為店內聘的服務生早在六點前就下班，所以無人能替他作證。

李山海心想，如果野塚真如自己所說十一點才離開，無論如何也趕不上在十一點左右到新店附近和陳金水碰面，但關鍵在於他沒辦法提出人證。

這一點，也讓野塚十分緊張，他擔心是否會因此就被懷疑。

野塚惶恐的神情，李山海看在眼裡，不禁出言安慰：「這只是作個參考罷了，請不要太介意。」

李山海接著換了個話題，問到陳金水與俱樂部成員的關係時，野塚彷彿因為焦點不在自己身上，如蒙大赦，開始侃侃而談：「其實我創立俱樂部的用意，就是希望不分階級、種族的人，都能因為愛看球而聚集起來，但似乎事與願違。」

野塚表示，俱樂部中與陳金水最不對盤的莫過於也被殺的藤島，「如果說俱樂部中有誰對陳金水和藤島有殺機的話，大概就是他們彼此吧。」

上週聚會時，藤島因為發表歧視早大的本島人選手吳明捷言論，而和陳金水發生口角，甚至爆發肢體衝突，最後還鬧到派出所巡查前來關切。事後兩人仍憤憤不平，似乎無法和解。

野塚指出，藤島出身東京名門大學慶應義塾大學，畢業後白手起家，來台灣創立藤島興業，自認為是社會頂尖人士。從藤島平時的言行，可以看出他非常講究出身，他最喜歡的野球選手宮武三郎、山下實，也都是慶大出身。

關於藤島的交友，他只願意和同為名門大學出身的鹿沼、渡邊，和陸軍少佐正木往來。連野塚自己及台北帝大學生小林都看不上眼，更遑論沒受過中等教育的本島人陳金水。

但野塚認為，身為本島人的陳金水與其他內地人成員相處時同樣不算融洽，究其原因，除了部分內地人自身的優越感作祟外，陳金水本人的個性也有問題，他常先入為主覺得所有的內地人都看不起他。而好強的他也總是針鋒相對的反擊，久而久之，大部分的人都不願意和他互動。

「雖然刑警你是本島人，這麼說似乎有些失禮，但我是這麼認為的。」

甚至野塚覺得，陳金水並不是真的愛看野球，他大概是將自己的民族情感寄託在野球上。即便他住在台北，他也只支持在南部有本島人選手的嘉義農林，而非全是內地人組成的台北強隊，如台北一中等。在日本本土進行的賽事，陳金水也只關注有台灣出身的球員，如大學球界的早大吳明捷、日大岡村俊昭[84]、職業野球的巨人隊吳波和參議員隊伊藤次郎[85]等。

「陳金水在俱樂部中一個關係稍好的朋友都沒有嗎？」李山海問道。

「如果一定要找一個人的話，大概只有鹿沼對他比較友善吧。不過，鹿沼這個人本來就是對誰都好。」

「陳金水的外套口袋中，發現了五百元的現金，會是鹿沼借他的嗎？」

「哇！也太多錢了，俱樂部中大概也只有鹿沼有這能力。但是對鹿沼來說，雖然不是拿不出手的金額，但我不覺得他們的交情有這麼好。」

談到了鹿沼，李山海順便詢問：「知道昨天參加聚會的另外三個人，在十點過後的去向嗎？」

野塚回道：「正木應該是要徒步返回旭町[86]的步兵第一聯隊營區[87]；鹿沼則是要搭昨晚十點半從台北車站發車的縱貫線臥鋪列車，現在應該已經到高雄了；至於小林則是要到萬華車站，搭北鐵新店線回台北帝大的宿舍。」

等等，臥舖列車、北鐵新店線，這不正是兩個命案關鍵點嗎？

這兩件命案看來是分不開了，李山海和北澤討論過後，決定先由北澤返回警署報告，並用電話通知高雄署已得知的情報，請對方直接去找人正在高雄的渡邊及鹿沼，而李山海則負責繼續取得昨晚參加聚會等人的證詞。

臨走之前，李山海忽然想到，高雄署報告的藤島屍體初步鑑識中，有提到兇手是名左撇子。因此他拿出野塚提供的俱樂部成員個人資料表，希望能否查出有沒有人是左撇子。

這一疊入會申請表上面有每個人的筆跡，李山海一一比對，並沒有發現有人是用左手寫字。因此直接詢問野塚：「就你所知，俱樂部成員中，有左撇子嗎？」

「我想是沒有的，我沒有看過這幾人中有人是用左手的。」

李山海想起昨晚唯一沒參加聚會且有動機殺害藤島的渡邊，問道：「那個鐵道部野球團的渡邊，有可能用左手嗎？」

野塚一副「你不知道嗎？」的神情，疑惑地看著李山海說：「渡邊嗎？他是有名的右投手啊！」

五、帝國軍人與大學生

儘管李山海不是很懂野球，但他開始注意到從每個人最喜歡的選手，似乎可以看出各人不同的特質。比如愛講出身的藤島只喜歡自己母校出身的球員；同樣地，陳金水也只支持本島人選手；而更具開放思維的人是野塚，他喜歡的貝比·魯斯是美國人。

那麼身為軍人的正木呢？

李山海一邊如此思考著，一邊走向旭町的步兵第一聯隊營區。

「盛開櫻花領章色
強風吹拂吉野花
生為大和男子漢
花落飄零散兵線」

李山海坐在台灣軍步兵第一聯隊大門口哨崗旁的會客室裡，他在此等待陸軍少佐正木勇次前來會面。營區內傳來陣陣雄壯嘹喨的歌聲，是最近常常聽到的陸軍軍歌〈步兵的本領〉[88]。

雖說戰火還遠在大陸一端，但最近台灣已有陸續進入戰時體制的跡象。聽著軍歌的李山海不禁心想，戰爭腳步越來越近，以後這塊土地到底會變得如何呢？

李山海拿出正木勇次的「球見會」入會基本資料：

姓名：正木勇次

出生年：明治三十年

生身地：靜岡

學歷：陸軍士官學校[89]

職業：軍

喜愛的野球選手：澤村榮治

李山海剛剛從野塚那邊聽說，今年四十歲的正木，原本隸屬名古屋的陸軍第三師團步兵第六聯隊。「滿洲事變」[90]後，他隨軍前往滿洲作戰，但抵達當地時戰事已告歇，該聯隊沒有實際參加戰鬥，只有單純駐防。直到兩年前，他官升少佐並調任台灣軍擔任步兵第一聯隊參謀才離開滿洲。

沒想到他調離原單位後僅一年，去年就爆發中日間的全面衝突戰爭，正木原所屬的步兵聯隊立即投入激烈的上海戰役[91]，以及隨後的徐州會戰[92]。遠離戰場的正木，對於自己一再錯過報效沙場的機會感到十分懊惱。

是個好鬥的傢伙啊！這是李山海對於還未謀面的正木擁有的想像，而且從他喜愛的野球選手是澤村榮治，好像真的也能看出一些端倪。

澤村榮治是個大名鼎鼎的明星，連不是球迷的李山海都聽過。他除了是頂尖的投手外，也是最早收到軍隊徵兵令的職業野球選手，目前正在中國戰場服役，並多次在戰鬥中負傷，是陸軍喜歡用來宣傳的「手榴彈戰神」。

「尺餘步槍非武器
寸許刺刀又如何
可知此有兩千年
千錘百鍊大和魂……」

歌唱〈步兵的本領〉的行軍部隊似乎已遠離大門，歌聲漸行漸遠。就在此時，一臉嚴肅的正木勇次，身著今年才改正的新式軍裝[93]，左側腰間佩戴軍刀，威風凜凜地走進了會客室。

正木一進了房間便脫下軍帽，彷彿因為重若千斤的軍帽拿了下來，原本緊繃的臉頰也跟著放鬆。他隨後立刻向李山海鞠了個躬，說道：「感謝刑警的好意，讓我不至於難堪。」

原來世故圓融的李山海，心想要是大搖大擺地進入營區，拿出警察證件告知衛兵，因為涉及刑案需要向正木少佐進行訊問，無論最後案件是否無涉，被偵訊的正木都會顏面無光，也可能會遭到憲兵調查。因此是向衛兵表示，自己是正木少佐的朋友，有件私事想跟他碰面商量，請幫忙通報。

而正木也剛接到野塚的來電，得知陳金水與藤島兩人被害，以及警察不久後就要過去向他訪查的消息。正擔心來訪的刑警會在大門口就把事情鬧開來，因此一聽到李山海是以朋友的名義來訪，頓時心生感謝之意，也對這位本島人出身的刑警起了好感。

「刑警先生，兩起案件我已經從野塚的電話中得知了，有什麼問題就請直接問吧，我盡量配合。」

看正木這麼直接，李山海也就不拐彎抹角，說道：「那我就不客氣了。」接著詢問：「請問你昨晚離開格蘭斯勒咖啡館後去了哪裡？」

正木直截了當地回覆：「我從咖啡廳離開後不久，就遇到司令部的砂田中尉，我和他並行散步走回到營區，大約是十點十五分左右，之後就一直待在裡面，砂田和部隊裡的其他同僚都可以作證。當然，昨晚營區大門當值的衛兵也行。」

不過，正木又補充：「只是真要問他們的話，還是希望刑警先生能用迂迴的方式詢問，別讓流言在營區裡流傳，如此的話，感激不盡。」

「這個自然，請別擔心。」

李山海心想，正木說的應該是實話，因為軍隊中人多口雜，還有衛哨看門，若要串供的話實在太麻煩。

如果十點十五分正木就已回到營區，那麼這樣一來，這兩個案件正木都確定有不在場證明。但李山海還想從他口中，多探得些陳金水和藤島的資訊。因此便再問：「你對這兩名死者有什麼想法，有懷疑是什麼人下的手嗎？」

關於藤島的部分，正木所述和先前從野塚口中得知的差不多。不過，有關陳金水的事情，他說了一個俱樂部所有成員都不知道的訊息。

「你知道陳金水是憲兵隊多年來列管的偵查對象嗎？」

這個消息讓李山海十分震驚。

正木接著還說：「你們特高課[94]一定也有他的列管資料。」

正木所說的「特高課」指的是「台北州特別高等警察課」，直屬於台北州警[95]。而特高警察是日本帝國境內負責監控社會運動、嚴格壓制危險思想與言論的「秘密警察」，主要用來對付意圖操縱輿論、顛覆政權的政治思想犯。

「陳金水是前台灣民眾黨員[96]，憲兵隊一直在盯著他。」正木吸了一口氣，又說：「我也一直盯著他。」

「咦！為什麼你也要盯著他？」李山海不解。

「我愛我的國家，我也愛『球見會』這個俱樂部，我不能容許如果哪天他生出事端，導致國家動盪，俱樂部也受影響必須解散這種事。」

李山海追問：「如果他真的做了你所想的那種事呢？去舉發他嗎？」

「不！我會私底下，用不讓任何人發現的方式親手殺了他！」

「我要保護我的國家，也要保護這個俱樂部不受牽連。」

正木握著軍刀的左手，似乎越握越緊……

對於擁有不在場證明，且看來相當正直坦蕩的正木少佐，李山海本已打算將其排除兇嫌名單外。但最後正木那番話，讓李山海又不得不生疑。可是，真正的兇手有可能直接和警察說他要殺人嗎？

確認了正木的不在場證明後，李山海離開了步兵第一聯隊營區，打算步行至北鐵新店線的「螢橋」[97]站，搭列車前往台北帝國大學所在的「水源地」[98]站，查訪另一名昨天有參加聚會的大學生小林雅和。

其實「螢橋」離「水源地」也就三站距離，並非無法步行的距離，但李山海今天從凌晨起就一直在忙碌著，現已感覺有些累了，所以還是決定放棄步行，選擇搭車前往。

在搖晃的列車上，李山海拿出了小林的入會資料：

姓名：小林雅和

出生年：大正八年

生身地：台灣

學歷：台北帝國大學（在學中）

職業：無

喜愛的野球選手：哈里斯

大正八年出生的啊！小林是「球見會」主要成員中年紀最小，也是唯一在大正後才出生的人，今年才十九歲。而且不同於其他的內地人成員都是從日本本土搬來台灣，小林是在台灣土生土長的內地人二代。

儘管對方是內地人，不過畢竟是和自己在同一片土地出生長大，李山海還是對小林多了一份親切感。但他在最喜愛的選手中，寫的這個「哈里斯」是誰啊？又是一個用片假名寫的選手，難道也是美國大聯盟的球員嗎？

列車沒多久就到了「水源地」，下車出站後，台北帝國大學就在不遠處。進入校園，李山海很快地就找到文政學部的史學科辦公室。因為已經事先聯絡過，小林正在辦公室裡等待，一旁陪著的是他的指導老師鳥居教授。

先開口講話的是鳥居教授，是名和善的學者。「刑警先生，小林還只是個十九歲的孩子，從來沒遇過什麼偵訊，現在他心裡慌得很。是否可以讓我陪在旁邊，算是替他壯壯膽。」

李山海同意了鳥居教授的請求，隨即對小林進行訊問。

只是小林一坐到李山海的面前，驚慌的神情便展露無遺，雙手緊緊抓住褲子，言語結巴，還是鳥居教授在一旁不斷安撫，才有辦法正常回答。

李山海見小林實在過於緊張，只好先聊些枝微末節，稍緩他的情緒，並拉近些距離。「聽說你是在台灣出生的？」

「是，我家在七星郡北投街[99]，從小在那裡長大。」

看小林總算能好好說出話，李山海決定再讓他更放鬆一點，於是把話題拉到野球方面，問道：「你在『球見會』的入會資料中，提到你最喜歡的選手是一名叫哈里斯的球員，是外國人？」。

「咦？」小林沒想到刑警會問這個問題，先是一怔，然後回答：「是。」

小林的表情越來越自然，話也多了起來：「他是美國人，現在在日本職業聯盟打球，是鷹隊[100]的捕手。」

「這樣啊！原來日本的職業聯盟也有外國人選手。」李山海果然對野球不熟。

「有的，現在的日本職業野球聯盟，既有像哈里斯一樣的美國白人球員，也有像史達魯欽[101]那樣的無國籍選手。」小林開始說些較長的句子。

「但是你怎麼會特別支持一個外國人選手呢？」

「其實……這和我的家庭有關。」小林似乎欲言又止。

「願聞其詳。」

「不瞞您說，我從小就沒有父親，他在我還沒出生時就拋棄正懷著我的媽媽。母親一個人把我生下來，並靠著在北投溫泉彈三味線[102]，賺錢拉拔我長大。」

「聽起來很辛苦。」

「刑警先生，您知道做為一個在台灣出生、沒有父親、媽媽又在溫泉旅館工作的孩子，他和母親的生活有多困難，每天要遇到多少歧視和冷言冷語嗎？」

「我想我可以理解。」

「我的母親出身自名古屋，前年我和媽媽回了娘家一趟，我在鳴海球場[103]看了一場名古屋軍[104]的比賽。因為這層因緣，所以我在野球職業化後的第一年，就成為名古屋軍的球迷。」

李山海其實沒聽過「名古屋軍」這支球隊，但他也不好明說。

「名古屋軍算不上什麼強隊，但我們隊上有哈里斯這個特別的捕手，他雖然是個外國人，但卻是隊上最受歡迎的球員。他會在蹲捕的時候，用著蹩腳的日語唱著〈桃太郎〉干擾對方打者，是日本不曾有過的球員類型。」

「好像是個很有趣的選手。」

「他只在名古屋軍待了一年，隔年就轉往鷹隊，不過我依然支持他。我希望自己能像他一樣，雖然和周遭的人有些不同，但還是能受到大家的歡迎。」

原來如此，李山海懂了，小林做為出身弱勢的在台內地人第二代，一般的內地人看不起他，本島人也當他是外人。他就像《伊索寓言》裡的蝙蝠，既不屬於飛禽，也不是走獸，即便想要努力地在夾縫中求生存，也事與願違。所以小林希望自己能像這位哈里斯選手一樣，就算國籍不同、語言不通，也能受到每個人的喜愛吧。

李山海不禁心想，自己的身分是不是也與小林的心境有些類似呢？不過，李山海腦中的小劇場很快就結束，並把重點放回到命案。

「好了，我們可以把話題帶回昨天的案件上了吧！你昨晚離開聚會後的行蹤請交代一下。」

「是……」小林看來已不那麼緊張，但還是無法侃侃而談。

小林思考了一下，像是把所有話都先在腦中演練過一次後，才一口氣說完，他說：「昨天聚會結束後，我先到台北車站搭乘十點零五分的縱貫線南下普通列車，至萬華站後轉搭十點十五分的北鐵新店線列車返回宿舍，抵達『水源地』的時間為十點二十五分，隨後直接走回宿舍，回到宿舍後時間大約在十點半左右，之後就一直待在宿舍裡。」

「你記得這麼清楚啊？」李山海對於他能夠記得列車時刻表，以及返回宿舍的確切時間，感到有些懷疑。

「因為每次聚會結束後，我幾乎都是搭同樣的列車，回到宿舍的時間也都差不多，你能向我的室友求證。」小林回道。

這時，兩名和小林同寢的室友被鳥居教授從一旁的房間叫了過來，兩人都指證，昨晚小林返回宿舍的時間絕不超過十點四十分，和平時相同。

但這時李山海心中想的是，這樣代表小林有不在場證明了嗎？

利用新店線往返的小林，是最容易也和死在新店線上的陳金水有交集的人。會不會是兩人約在「水源地」站碰面，小林把毒酒交給陳金水，然後陳金水在此逗留待到上了往萬華的末班車。

但這樣的狀況不太合理，這樣一來，陳金水會在「水源地」待上一個小時等末班車。以陳金水酷愛好酒的程度，在這一小時內早就把酒喝下肚了，不可能會等到上車才喝。而且同樣搭了末班車的證人表示，自「景尾」後並沒有看到陳金水上車。

或者是陳金水拿了毒酒後，先坐車返回新店，然後再由於某種原因又搭上往萬華的末班車。但還是有一樣的問題，為什麼拿了酒後不先喝，而是等到一小時後在末班車上時才喝？

腦中一團混亂的李山海，知道不能一直在這裡轉圈圈，於是馬上換個問題詢問小林：「陳金水常常和你一起搭新店線的列車回家嗎？」

「有時候，但這樣的狀況不多，我會盡量避開。因為我覺得他並不好相處，如果我們一起搭車，我會覺得有些不自在。」小林小心翼翼地回答。

「關於陳金水和藤島，你有什麼看法嗎？」

看似膽小懦弱的小林，忽然鼓起了勇氣，「老實說，我不喜歡他們倆。」接著又忿忿地說：「他們一個自恃甚高，看不起我這種在台灣出生的內地人第二代；一個有被害妄想，總覺得每個內地人都像藤島一樣會歧視本島人。」

這樣的評論雖然和野塚的說法不謀而合，但李山海總覺得小林的話更帶著情緒。小林雖有著不完全的不在場證明，但感覺卻比完全沒有不在場證明的野塚來得更可疑些。

六、投打對決

渡邊大陸站在投手丘上，看著十八公尺外，即將與之正面對決的年輕新星大下弘，心臟不斷地在跳動著。已經三十七歲的他，不知道有多久沒出現這樣激動的心情了。

上一次能讓渡邊腎上腺素如此上升的比賽，是七年前在東京神宮球場的都市對抗大會準決賽。當年鐵道部與遞信部合組的台北交通團[105]，第二次出場都市對抗賽，就是靠著王牌投手渡邊大陸的強投，一路殺進四強。

兩年後，他們再度闖進四強，也因此成為除學生球界的嘉義農林外，另一支為日本本土球迷熟知的台灣球隊。

但這幾年原本統治台灣社會人野球界的鐵道部與台北交通團，實力已大不如前。連續四年在都市對抗賽台灣代表爭奪戰中輸給台南州團[106]。渡邊也因為年紀因素，逐漸由王牌投手的身分，慢慢轉往二線，兼任教練職務。

但原本對比賽已經逐漸有倦怠感的渡邊，自從發現了高雄商的天才強打大下弘後，又重新拾起了熱情。他已經勾劃一個完美的藍圖，首先爭取大下進自己的母校明治大學，大學畢業後再邀請他返台加入鐵道部野球團和台北交通團。

他很確信，只要能擁有大下，無論是明大或是台北交通團，一定能重返霸業。只是他沒想到爭取大下弘就讀明大的計畫竟然橫生波折，意外殺出藤島慶三郎和鹿沼雄介這兩個攔路虎。

其實這也要怪渡邊自己，原本這兩人根本就不知道高雄出現這麼一個天才，是他自己在今夏某次「球見會」聚會中無意透露。正巧高雄商打進在台北進行的「全島中學野球大會」，俱樂部成員相約去台北圓山球場看球。藤島和鹿沼兩人一看到大下的比賽驚為天人，也決定替母校遊說爭取。

渡邊認為，立教大學出身的鹿沼威脅不大，鹿沼為人正直，真心喜愛野球，也不搞小動作。而且他是大型商社大城戶在台灣的支局長，事務繁忙，應該沒多少時間進行招募。

可慮的是慶應大學出身的藤島，不僅有著母校慶大的金字招牌，還想私下接觸大下的母親，暗地給予好處，所幸被他發現及時阻止。但他實在很擔心，有一天大下會被藤島拐走。

好在，渡邊的優勢在於自己是個球員，今天他有一個可以直接和大下對戰的機會，這不僅是一次面對面的「驗貨」，他更相信這還是同樣身為球員間的一次心靈互動，這樣的交流絕非只能在場邊看比賽的人所能擁有的。

比賽來到八局上半，鐵道部野球團以一〇比二大幅領先高雄商，社會人與學生間的實力差距十分明顯。儘管鐵道部完全占據比賽優勢，但前兩任投手都沒辦法解決高雄商的天才打者大下，被他擊出兩支安打，其中包括一支二壘打，另外還附帶一次保送。

這局第一個上來的打者又是大下，台北交通團也在此時換上本場比賽第三任投手渡邊。身為投手教練的渡邊大陸，把自己換上場，他要親自用手中的球，來試試大下究竟有多少斤兩。

第一球，渡邊就投出一記內角靠近打者的速球，希望逼退打擊區上的大下。沒想到大下竟然文風不動，絲毫不畏懼速球逼迫，而且全身散發出驚人的氣勢。

這個讓渡邊如何都想要替母校爭取到的選手，雖然早就知道不是一般人，但直到現在做為對手站在面前，渡邊才真正感受到他那股強大的壓迫力。

這也喚醒了渡邊身為野球人的熱血，這個瞬間他已經忘記招募這件事，他現在只是純粹是個投手，而且是個想要和打者一決勝負的投手。

接著渡邊又連續投了兩個內角速球，一球比一球貼近好球帶，且一球比一球來得快。渡邊最著名的就是他那一顆宛如火箭般的速球，不過，看來大下也做足準備，兩續兩球都擊成本壘後方界外球，揮棒速度完全跟得上球速。

渡邊看了看捕手比出的暗號，接著眼神對上打擊區內大下的視線，那是一雙渴望勝利的炙熱雙眼。

投打都知道，這一球將決勝負了。

渡邊抬高他的左腳，用力向前一跨，揮著右臂奮力將這顆決勝球投出。球一出手便朝著好球帶上緣飛入，由於連續面對速球，大下第一時間判斷這還是一顆偏高的速球，於是立刻啟動他的揮棒動作。但他很快就發現錯了，渡邊投的這顆決勝球不是最引以為豪的直球，而是急速下墜的曲球。

此時左打的大下，已經跨出他的右腳，即將揮出球棒，但球卻還在半路且以一個漂亮的弧線下墜。

「很抱歉，這個三振我要收下了！」渡邊很自信這一球可以解決大下。

沒想到揮棒姿勢已經被破壞，提早跨出右腳的大下，竟然還能將身體重心留在後面，等待球進入好球帶時才奮力揮出這一棒。

木棒完全咬中球心，白球像子彈般射向右外野全壘打牆外。

這是一支大號的全壘打。

投手丘上的渡邊完全不敢相信他的眼睛，這麼完美的配球、已經破壞對手打擊姿勢的一球，竟然還是被大下轟成一支全壘打。

他未來絕對會是一個震驚球界的巨星。

看著正在繞回本壘的大下，渡邊在心中發誓：「我一定要網羅到你。」

「無論要我做什麼。」

渡邊笑了……

七、另一班臥鋪列車的乘客

十一月初的南台灣，依然宛若夏季。出身自青森的高雄署刑警石上，儘管已經在高雄任職十五年了，還是很難適應這裡的天氣。

石上扯開襯衫的一顆扣子，還是覺得炎熱難耐，但為了工作，也只能繼續待在午後豔陽高照的球場邊。

「今天有三十度吧！」

從一大早停靠高雄車站的臥鋪列車上發現屍體後，石上就不停地忙碌著，一邊要詢問列車上的目擊者，一邊還要和疑似發現兇手的嘉義車站聯絡，接著又要請求台北方面協助調查死者背景。

對石上來說，他最討厭這種外地人的命案。因為所有的線索都不在本地，調查起來十分麻煩，很多東西都必須要委託他轄警方協助。好在這次的案件，從台北來的消息相當迅速，幫了他大忙。

來自台北的訊息：死者藤島慶三郎是慶大校友，來高雄是為了遊說高雄商的選手大下弘進入其母校。他在台北參加了一個名為「球見會」的野球同好會，「球見會」另外兩名成員渡邊大陸和鹿沼雄介則是其競爭對手，一同為了爭取大下而赴高雄。由於「球見會」另名成員陳金水也於昨晚深夜被毒殺於北鐵新店線列車內，台北警方認為兩案間可能有關聯。

台北方面還用電話告知了渡邊大陸和鹿沼雄介在「球見會」的入會基本資料。

姓名：渡邊大陸
出生年：明治三十四年
生身地：兵庫
學歷：明治大學
職業：公
喜愛的野球選手：湯淺禎夫[107]

曾經是野球迷的石上，對於渡邊大陸的名字是熟悉的。石上記憶中的渡邊，是明治大學的王牌投手，而他在喜愛的野球選手一欄中填寫的湯淺禎夫，則是他在明大的學弟，是繼渡邊後的下一任明大王牌投手。

看到渡邊和湯淺的名字，石上回想起當年時常在報章雜誌上看到這兩個人相關的文章。不過，他沒想到渡邊最喜歡的球員，會是低他一屆的後輩湯淺。一般來說，在野球界前輩總是給人高高在上的感覺，即便後輩實力不錯，也不太容易給予正面肯定，更何況是公開宣稱對後輩的崇拜之情。

石上心想，看來渡邊大陸是個唯實力論者，只要是有能力的人他都不吝於給予肯定。所以這次他要網羅的大下弘，一定是打從心裡認同對方的實力。

球場上兩隊正在激戰，石上雖然對野球也有興趣，但今天完全沒當觀眾的興致。他來這裡是為了辦案。根據台北提供的情資，渡邊和鹿沼為了爭取球員，和藤島是競爭對手，有可能因此引發殺機。

依照台北的資訊，藤島在南下列車上被刺殺的時間，也就是昨晚七點半到八點十分間，鹿沼人還在台北參加「球見會」聚會，此點他有確切的不在場證明，也因此石上今天主要想確定的是渡邊的不在場證明。

身為鐵道部野球團的一員，渡邊正坐在場內的休息區裡。比賽前石上已經先找到他問話。沒想到渡邊表示，他兩天前就和全隊一起南下高雄，昨天白天和隊友練球，晚上回下榻旅館，在深夜十點就寢前，全隊都在一起行動，而這項證詞也獲得隊友、教練們的認證。

渡邊唯一沒辦法證明的是，凌晨兩點卅五分到六點間，在嘉義站等車的那個神秘男子不是他，因為這個時間所有隊職員都在睡夢中。而鐵道部野球團是今天上午十點才全隊集合前往球場，完全有時間從嘉義趕回高雄。

但就算證明渡邊是那名男子也毫無意義，因為命案發生時他人確實還在高雄，根本不可能殺得了臥鋪列車上的藤島，此時列車還在台北州的範圍內。至於遠在台北的陳金水命案，看來更是與他無關。

接下來石上要找的是也來到高雄觀戰的鹿沼，但他已經有點灰心，他不認為能在已有不在場證明的鹿沼口中問出什麼。

姓名：鹿沼雄介
出生年：明治三十五年
生身地：德島
學歷：立教大學
職業：商
喜愛的野球選手：渡邊大陸

不過，鹿沼雄介最喜歡的野球選手竟然是渡邊大陸，這點讓石上又有了無限想像，有可能是這兩個人合謀嗎？不過，他自己也知道這個推測毫無根據。

今天比賽的場地，是座沒有看台的簡易球場，鹿沼倚著三壘側的圍籬，正在專心看著場上的比賽。

石上邁步過去，拍拍鹿沼的肩膀，並表明身分及來意。

看球被打擾的鹿沼，起初有點不悅，但一聽到「球見會」成員一晚發生兩起命案後，而警方因為死者之一藤島和他是招攬選手的競爭對手，因此找上他來，也不禁嚴正以對。

「刑警先生，請問我是被懷疑了嗎？」

「您別這麼說，只是想請教一下昨晚的行蹤而已。」石上例行般地問道。

「我昨晚參加完聚會，和咖啡館老闆聊了一陣後，他送我到台北車站搭晚間十點卅分的『急3』號臥舖列車南下，今天早上八點才到高雄。」

「你為什麼沒有和藤島一起結伴搭同一班車呢？」石上對於這點有些疑惑。

「本來我有邀藤島在俱樂部聚會結束後一起搭『急3』號列車，但他說有些私事必須早點出發，連聚會都沒參加就搭車走了。」

藤島是在晚間七點二十二分由台北開出的「五三」號臥舖列車上被殺，研判死亡時間是七點半到八點十分間，當時列車正行駛過樹林或山子腳一帶。鹿沼此時還在聚會中，有確切的不在場證明，這點是早就知道了。

「就你來看，藤島是個怎麼樣的人？」石上想要從側面了解一些訊息。

「雖然他的脾氣不好，但其實很聰明，畢竟是名門大學出身。」鹿沼敘述著他所認識的藤島。「可是他有時不太厚道，對人太刻薄，所以如果他在外結怨，或是在生意上與人產生利益衝突，我並不會太意外。」
「生意上的利益衝突？」石上突然想起，鹿沼是大城戶商事台灣支局長，便故意問道：「他和你們會社之間有業務糾紛過？」
「和大城戶商事？」鹿沼聽到石上用這樣的方式詢問，倒也不生氣，微笑回著：「說句難聽的，我認為藤島興業的規模恐怕還不到能和大城戶有利益衝突的程度。」
石上心想也是，大城戶商事在這幾年，幾乎等於總督府的御用商人，在台灣已是首屈一指的大型會社，藤島興業充其量也就是個中小型企業，應該不存在商業上的競爭。
如此一想，便覺得這樣詢問的方式太過失禮，連忙道歉，並轉移話題。
「談談陳金水吧。」
一說到陳金水，鹿沼的臉色隨即黯淡下來，石上看得出他有些傷感與不捨。
「他雖然是本島人，但是個好人。俱樂部裡很多人都認為他難相處，但我還挺喜歡他，他是我的好朋友。對於他的死，我很傷心。」
「對了，你有借五百元給陳金水嗎？他經營的商行好像有資金問題。」
「沒有，他沒有和我談過這件事，如果有和我說，我會借他的。」鹿沼回答完後又說道：「為什麼這麼問？」
「台北的警察，在陳金水身上找到一個裝有五百元現金的紙袋，但不知道這筆錢怎麼來的。」

「原來如此。」鹿沼接著反問石上：「能告訴我他是怎麼死的嗎？」

石上知道他關心朋友的案子，便熱心告知進一步訊息：「他死在昨晚開往萬華站的北鐵新店線末班車中，到終點站時被司機發現，死因則是喝了摻有氰化鉀的日本酒。」

「開往萬華的末班車？」鹿沼一副納悶的表情脫口問道。

「有什麼問題嗎？」

「沒有，只是覺得他昨天沒來參加聚會，為什麼還要從新店搭末班車到萬華，實在很奇怪。」

「是啊，台北南署的刑警聽說也為此感到很頭痛！」

鹿沼沒有接話，兩人間出現沉默。

一心還在球場上的鹿沼趁機說：「刑警先生，如果沒事的話，我可以繼續看比賽了嗎？我可不想錯過大下選手任何的表現。」

「打擾了。」石上想不到還能再問些什麼，只好悻悻然地回去。

回到警署後，石上找來一本列車時刻表，確認鹿沼所搭乘的列車班次。果然有一班晚間九點五十四分從基隆開出，十點三十分經由台北的臥鋪列車「急3」，該班車早上八點到高雄。

他打電話到高雄車站，想要詢問關於昨天這班列車上的車掌或服務員，以求證鹿沼是否確實有搭上這班車，但得到的回應卻是：「車上人員隨同整列車都開回台北了。」

石上心想，「如此一來，這個部分就只能交給台北那邊去向鐵道部詢問了。」

掛上電話，他看了一眼時刻表封底的台灣全島鐵道圖。縱貫線由基隆起始，經台北、萬華一路往南到高雄。高雄以南至溪州[108]，則稱為溪州線[109]，臥鋪列車只開到高雄，不繼續南下溪州。

等等，縱貫線上的萬華站可以連上北鐵新店線，另外一件陳金水命案不就是在萬華站發現屍體嗎？

鹿沼搭乘的臥鋪列車一定也會經過萬華站啊！兩者間會不會有關？

不過，時刻表上記載鹿沼搭乘的那班臥鋪列車，並沒有停靠萬華站的樣子。

「看來是我想多了。」

八、死者的過去

李山海花了一整個上午，約訪「球見會」的三名重要成員，但對案件仍毫無頭緒。他感覺這幾個人當中，缺乏完整無在場證明者，似乎沒有行兇動機；反倒有不在場證明者，卻有著殺人的可能。

唯一能確定的是，昨晚在臥鋪列車中被殺的藤島，不會是這幾人下的手，因為當時他們都在格蘭斯勒咖啡館參加聚會。但死在北鐵新店線往萬華末班車的陳金水，究竟和這幾人有沒有關係，還不得而知。

離開台北帝大，李山海走向「水源地」站途中，想著陸軍少佐正木曾經說過，陳金水是被憲兵隊列管的人物，到底他做過什麼危害社會的事呢？關於這點，他一無所悉，但也不想向「特高課」詢問，因為對特高實在是沒有好印象。

李山海的父親李福虎是清國時代的捕頭，曾經在台灣民主國時期加入台北城籌防營防衛日軍。日本治台早期包括憲兵隊、警保課都會派人特別留意這些「前朝餘孽」。不過，時間一長，當局知道他們已沒有威脅，也就逐漸不去在意。

沒想到，自從「特別高等警察」成立後，也許是為了立功心切，他們開始漫天織網地盯上來。李福虎生前就多次被叫去特高課問話，也曾聽說他們對付異議分子的手段異常殘忍。因此，在當時還是孩童的李山海眼裡，就對特高留下不好的印象，即使到了現在擔任警職，也還是敬而遠之。

由於這個緣故，李山海不想找特高合作，決定自己探訪，於是臨時決定拜訪陳金水的住處，深入了解他的過去。

李山海在車站站房看了看時刻表，往新店方向的下班列車還要再過一段時間才來，便先借用車站電話，聯絡新店當地派出所，希望能派人來帶路，接著隨興地逛一逛車站旁的雜貨店打發時間。

他想起陳金水的遺屬除妻子外，還有一個六歲的兒子，於是買了一個鐵罐裝的「佐久間糖」[110]，當作伴手禮送給孩子。

坐上北鐵新店線的列車，一路往南遠離台北市區，四周盡是田園風光。大約十來分鐘的光景，列車抵達公學校前站。這是個無人車站，只有李山海一個人下車，他逕自走向月台，立刻看到月台上已有一名派出所年輕巡查正在等待。

李山海正要開口向巡查打招呼，沒想到先被搶先一步。

「李桑，我是派出所來帶路的，你好。」巡查口中操著是台語，讓李山海有些吃驚，但也感到很親切。

這名巡查姓許，是剛從警察官練習所[111]分發下來的新人，見到李山海後十分熱情，話說個不停。

「我們年輕一輩的本島人警察，都知道台北南署有一個辦案很厲害的李刑警。練習所的日本教官拿你辦過的案子來當教材時，大家都像是自己破的案子一樣感到光榮。」

「練習所的同學都說，以後一定要像李刑警一樣出類拔萃，比過內地人。畢竟這塊土地是我們自己的家鄉嘛，還是要靠我們守護才對！」

李山海看著滔滔不絕的許巡查，想想自己過去似乎也有著這樣的雄心壯志，「自己的家鄉，由自己守護」，當初這個步入警界的初衷，自己有沒有始終貫徹呢？還是隨著時間的流逝也慢慢變質了。

離開月台後，在許巡查的帶路下，沿著月台後方與鐵道垂直的馬路直行，慢慢走向大坪林公學校，陳金水的住處便在附近。

沿途上所有遇到的民眾，看到兩人經過，全都畢恭畢敬地打招呼：「大人好。」

李山海也是從基層巡查幹起，他知道「大人」是在對身著警察制服的許巡查說的，而不是身穿便衣的他。在地方上，派出所巡查大如天，無事不管、無所不能，人稱「南無警察大菩薩」[112]。而本島人對警察可說又敬又畏，可能畏的程度又更多一點。

關於這點，許巡查趁機說起，前任管區巡查常常在地方上作威作福，雖然是本島人，卻讓自己同胞心生畏懼。也因此，儘管現在換他接任管區，當地民眾還是小心翼翼地對他敬而遠之。但他發誓，以後一定不會變成前任那樣狐假虎威的警察。

兩人走沒多久，就看見公學校大門，陳金水的住處在附近。許巡查說，陳家正在籌備喪事，當地保正和陳金水妻子娘家的人都來幫忙。

一到陳家，許巡查先進入屋內通知，陳妻和保正隨即出來迎接。陳妻看出是早上在警署見過的刑警，迫不及待問道：「請問找到兇手了嗎？」

李山海不好意思地回答：「我們正在努力調查中。」

「不過，我有些關於死者的疑問，所以特別前來詢問，希望家屬協助。」

陳妻不知道刑警要問什麼，有些擔心，未立刻回話。倒是一旁的保正代為回答：「當然，這也是為了破案，我們一定幫忙。」接著將李山海帶進屋內，而許巡查則因為帶路任務已了，便自行離去。

李山海先將剛買的伴手禮「佐久間糖」，送給陳家孩子，隨後跟著陳妻與保正進入屋內商談。

他不想浪費時間，坐定後立刻步入正題，開門見山地詢問：「陳金水之前是台灣民眾黨員吧？」

台灣民眾黨是林獻堂、蔣渭水等人籌創，為了台灣議會設置請願運動而在昭和二年成立，是第一個台灣人成立的政黨。相較於台灣共產黨[113]、台灣農民組合[114]等左派色彩濃厚、戰鬥性格強烈的組織，台灣民眾黨對總督府的威脅其實並沒有那麼大。主要是以非暴力的方式，試圖以政治手段替台灣人爭取權益。

不過，陳妻一聽到刑警挖出丈夫過去的歷史，一臉擔心，卻又不知如何回答，不斷望著保正。只見保正向她點點頭，示意但說無妨，這才回覆：「他加入台灣民眾黨是在我們結婚前，但也就參加一些遊行、聚會，我保證絕對沒做過什麼傷天害理的事。」

「而且，婚後他已經沒有再參與政治上的事。」話越說越激動的陳妻，紅著眼眶但堅定地說：「婚後他一門心思都放在自家生意上，這是我可以擔保的，即使他現在已經過世，我也不希望讓他背負著不名譽的罪名。」

李山海認為陳妻沒說錯，因為台灣民眾黨早在七年前，也就是昭和六年就被總督府勒令解散，當時他已身在警界，對這件事自然知之甚詳。當年許多台灣民眾黨成員都因此被逮捕，不過很快就被放出來。陳金水應該是在那時留下案底，隨後就成為特高課和憲兵隊的列管對象。

「刑警先生，讓我說句話吧！」旁邊的保正搭話了，「關於陳金水，我認識他的時間比他妻子還久得多，我想我知道的可能更多。」

李山海有些意外，馬上請保正就他所知的陳金水，盡量詳述。

「阿水……」保正說道：「我都是這麼叫他的。」

「聽說過二十多年前的台南西來庵事件吧？」保正說著，「阿水是台南人，據他說，家裡的親人在當年的動亂中都死了，只剩下他一個人活著，那時候只是十多歲的孩子，公學校都還沒念完。

「因為家園都沒了，阿水為了活下來，放棄了讀書，先是到台南市區一戶大戶人家做長工，直到二十歲的時候北上闖天下。

「他在北部落腳的地方就是新店，來本地後就在我開的米舖裡當夥計。我聽說他的身世後，覺得很可憐，因此特別照顧。而阿水也實在很聰明，很快地就把米舖裡的所有工作給摸透，是非常得力的助手。

「可能因為是西來庵事件遺族的關係，他的民族自覺比其他人都要強，面對內地人歧視或是不公的狀況，一定會站出來抗爭。因為我是保正，很多事受限與官方的關係，不方便處理，地方上有些鄉親受了委屈，都是由他幫忙解決。」

談起陳金水的過去，保正就像他父親一樣的不捨。

「他加入台灣民眾黨時，我確實有點擔心，但你說他們做的是不對的事嗎？他們既不作亂犯法，也不勾結宣傳邪教，我倒不覺得這個替台灣人發聲的團體有多麼罪不可赦，而且他在裡面，也不是什麼重要角色。」

保正繼續說著：「雖然當年台灣民眾黨被取締解散時，阿水曾經進過警局，被關了一晚，但我始終不認為他是『罪犯』。五年前，他從我這裡自立門戶，到萬華頂了間店面自己做生意，此後再也沒有涉入政治。」

李山海詢問：「為什麼他要參加都是內地人的俱樂部『球見會』呢？」

保正嘆了口氣，說道：「他認為在現今社會中，只有野球比賽是相對公平的，打得好就是打得好，不會因為是本島人與內地人有差別。在內地人各方面都占優勢的社會上，野球是台灣人唯一可以和日本人一爭高下的所在。而他希望能盡自己的一點心力，大力宣傳台灣人也能打好球，才加入這個俱樂部。」

原來如此，在政治上已經無法繼續對抗當權者後，陳金水只好改由其他的形式繼續他的抗爭，而野球正好作為抒發不滿的出口。

在某種層面上，似乎真的像咖啡廳老闆野塚所說的，陳金水喜愛的並非是野球本身，而是這項運動所賦予的意義。他之所以這麼在意台灣野球選手的表現，是希望能藉由野球彌補現實生活中與內地人的差別，於是將本島人整個族群，投射在本島人出身的選手上。

難怪他聽到台灣出身的選手被汙辱會那麼生氣，因為對他來說，被汙辱的不只是特定選手，而是全體台灣人，也是他自己。

李山海仔細想想，自己是不是也帶給年輕的台籍警察這樣的寄託呢？所以他也正扮演著類似台籍野球選手的角色嗎？

這樣的角色好像有點沉重……

聽完保正一席話後，李山海對陳金水有了更深入的了解。

離開陳家，漫步走回車站，此時已是夕暮時分。

腦中不斷在思考：陳金水雖然因為兒時的經驗，導致他在族群議題上有些偏執與敏感，但除了與藤島的恩怨外，似乎也沒做過什麼會遭人記恨導致喪命的事，到底兇手殺他的動機是什麼呢？

此時，李山海看到在距離陳家不遠處的一棵大樹下，陳金水的兒子坐在那裡。因為年紀太小，家中治喪籌備事宜與他無關，這孩子正拿著剛剛李山海送來的那罐「佐久間糖」，想打開糖罐一嘗滋味。

「唉！這孩子才六歲，還不知道父親已不在了吧？」

正當李山海如此想著時，他看到拿著糖罐的男孩，正在努力想要打開方形鐵罐上方那個圓形的蓋子。

只見那男孩，右手拿著糖罐，左手拇指用力扳著圓形蓋子。費盡一番力氣後，總算打開蓋子，開心地倒出一顆顆色彩鮮豔的水果糖。

李山海覺得這男孩的開罐動作，有種說不出的違和感，而且似乎在哪裡見過？

對了！

就在萬華站的新店線末班車上……

陳金水死亡時的姿勢不就是像這樣嗎？

九、曙光初現

案情已經有了突破，李山海一大早就趕到警署，迫不及待告訴同仁他的發現，而這個靈感來自於昨天看到陳金水兒子開糖罐的動作。

昨天他看到陳金水的兒子以右手持糖罐，左手扳開蓋子，這動作他乍看下覺得有些違和，是因為這孩子是個左撇子。而陳金水在列車上被發現身亡時的姿勢，則是右手持酒瓶，左手持瓶蓋，相當類似。

李山海在一早的會報上，除了向刑事課長中尾報告昨天對三名「球見會」成員訪查的內容外，也談到他的這個新發現。

李山海說：「當時我就覺得這個動作有些不自然，但又想不出哪裡怪。昨天才驚覺，如果是慣用右手的人，大部分情況下會以左手持酒瓶，用右手開瓶蓋。」

這也就是說，陳金水死前以左手持瓶蓋，很可能因為他是左撇子，用左手開瓶。而死在臥舖列車上的藤島，其致死傷口被認定是左撇子所為。

中尾課長隨即接話：「這代表藤島是被陳金水所殺嗎？」

李山海微微點頭，「很有可能。」

北澤則插話問道：「不是說俱樂部成員裡沒有左撇子嗎？」

「沒人用左手寫字或吃飯，不代表沒有左撇子。」李山海進一步指出，「事實上，昨天我發現這個狀況後，趕緊折返陳家詢問，經過陳妻證實，陳金水除了吃飯寫字外，確實很常用左手。」

「有這種事？」中尾課長不解地問道。

「我想陳金水一定是在很小的時候，就被父母要求改用右手拿筆拿筷子，日常生活中和一般右撇子無異。但與生俱來的本能，讓他在需要使力的時候，會不由自主地用到左手。」李山海如此分析。

由於陳金水被發現死亡的時間早於藤島，所以大家原本沒人想到他會是兇手。但仔細想想，藤島的死亡時間早於陳，而陳是最有動機殺藤島的人，且他也確實在藤島被殺時不知去向。

中尾課長推想，如果陳金水於晚間七點半到八點十分間在「五三」號臥鋪列車中殺了藤島，隨後中途下車，比如在桃園或新竹，再搭北上的上行列車返回台北，確實有可能在午夜前搭上北鐵新店線的末班車。

「所以謎團已經解決了？陳殺了藤島，隨後返回台北，在新店線末班車上喝下毒酒後自殺，是這個樣子吧！」北澤認為案情大概就是如此。

「不！陳金水不是自殺的。」李山海篤定地表示。

李山海進一步解釋原因：

一、陳金水死前沒留遺書，他家裡還有妻小，不可能一句話都不交代。

二、他身上帶著足以解決商行資金周轉問題的五百元現款，若一心尋死，何必籌這筆錢。

中尾課長也贊同李山海的說法，因為昨天另一組刑警負責從陳金水喝下的那瓶酒追查時，查出那款高價的日本酒「白鶴」，在大台北地區僅有特定幾個高級商店有賣，而並沒有店家看過陳金水前來買酒，由此可推測這瓶酒應是他人所送，而非陳為了自殺而準備。

同時，課長還認為，陳金水身上帶的那五百元是破案關鍵，交錢給陳金水的人也許是最後見過死者的重要證人，甚至可能就是幕後的主謀。可惜至今還沒查出這筆錢究竟是哪裡來的。

關於這五百元，所有接受調查的俱樂部成員都否認這筆錢與他們有關。

「我大膽假設一種情況……」李山海思考了一下，說出了他的想法。

「會不會是陳金水最近缺錢周轉，這個情形被某個人得知。而這個人因故想要除掉藤島，便找上原本就與藤島有嫌隙的陳，同時以提供資金作為誘因，唆使陳金水動手行兇。

「陳金水得手後與那個人會合，拿到了約定好的現金。那人為了想要殺人滅口，知道陳愛喝酒，還多送了他一瓶日本酒，並在裡面摻了氰化鉀，導致陳喝下後喪命。」

中尾課長聽了後深以為然，頻頻點頭：「確實有可能如此，這麼一來陳金水這個案子的關鍵反倒有可能是『誰最有殺害藤島的動機』。」

課長說完後，李山海隨即補充：「而且這個有殺害藤島動機的人，必定要能在陳金水推斷的死亡時間，也就是晚間十一點十五分之前和陳金水碰頭，這樣才能把毒酒交到陳的手上。」

「所以，那個人要和陳金水碰面的地方，應該還是要在新店線新店端沿線的車站附近吧！畢竟陳後來確實搭上了從新店往萬華的末班車。」北澤聽完課長和李山海的推理後表示：「那和我們之前追查的方向有什麼不同？」

「表面上看起來追查方向仍是相同，但實際上我們可藉由『是否有殺害藤島的動機』來過濾嫌疑人，縮小目標範圍。」李山海解釋道。

而目前看起來有明確殺害藤島動機的人，只有和他正在爭奪野球選手大下弘的鹿沼和渡邊。

但這個動機實在是很難理解，而且真的只有他們兩個有動機嗎？更何況這兩人當時一個已經人在高雄，另一個也正在南下的列車上。

會不會其他人還有別的動機，只是我們還不知道呢？

李山海心中不禁如此猜想。

就在這時，收發室的年輕巡查，拿著本日收到的信件、公文進到辦公室。其中有一封來自高雄警署刑事課石上光男的「最速件」，引起了中尾課長的注意，他知道這裡面一定是關於藤島一案的內容，便展信念出給其他同仁聽。

石上在信中表示，感謝台北南署在藤島一案的支援，並詳述前一天他與人在高雄的渡邊、鹿沼兩人查訪的情形。關於藤島被殺的時間，也就是十月三十一日晚間七點半到八點十分間，這兩人都有提出明確的不在場證明，其中渡邊的部分他已向其隊友與教練確認過無誤；而鹿沼在當時仍在台北參加聚會，此節本為台北南署提供的情資，就不再贅述。

另外，鹿沼宣稱搭了晚間十點卅分由台北開出的臥鋪列車「急3」，早上八點到高雄。但因為該列車車組人員均返回台北，故未能找到證人，希望台北方面能就近向鐵道部求證。

信念到這裡，課長有些失望，內容沒有什麼特別進展。鹿沼是否搭乘該班列車，理論上確實該調查，但因為已知他當天十點二十分才離開俱樂部，而且是和咖啡館老闆野塚一同前往台北車站。野塚也證實，親自看到鹿沼上車的。

不過，在信尾，石上還提到兩件事：

一、順帶一提，關於陳金水一案，雖未在敝人管轄內，但仍冒昧提出意見：縱貫線鐵道與北鐵新店線在萬華站交會，而藤島案與陳案分別發生在這兩條路線上，敝人直覺萬華站可能是關鍵。

二、此案關係人，包括渡邊與鹿沼兩人，已於昨日比賽後搭車返回台北，往後若還要向他們偵訊，仍需麻煩台北南署幫忙。而在下會針對於嘉義站出現，那名疑似兇手行蹤詭異的男子繼續進行追查，若有最新訊息也會立刻通知台北。

課長信才剛念完，北澤就驚呼：「我們都忘了還有在嘉義站下車，並花三個多小時等車的那個人，這可疑的傢伙怎麼看都是兇手。如果他是兇手，那我們剛剛推論出陳金水是兇手的結論，不是全部都要被推翻了嗎？」

但除了這個疑問，李山海還想到石上提的另一點。

萬華站會不會真的是關鍵呢？

《憶二・土匪之子》

每個星期日的下午，是阿義最期待的一天，因為他和雄介約好，每週的這一天要一起玩野球。

雄介的家住在尋常小學校附近，後方的一塊空地就是兩人玩傳接球的地方。這一天，雄介和往常一樣，早早就在這裡等著阿義的到來。

「不好意思，又讓你等。」阿義看到雄介，趕緊上前打招呼。

雄介回說：「我家就在附近，很方便。倒是每次都讓你走那麼遠的路過來，才真的不好意思。」

說著便從隨身帶著的袋子裡，拿出兩個野球手套，並將其中一個交給阿義，兩人開始玩起傳接球。

阿義與雄介。

本島人與內地人。

土匪之子與正義使者。

在白球於手套間來回穿梭的此時，沒有什麼族群、身分的不同，大家都是平等的。兩個男孩間，即使不需要言語交談，也能用手中的那顆球傳達心意。

只有在這個時候，阿義才能擺脫自卑，放開心胸，不需要背著土匪之子的標籤，也不用被人白眼、不必害怕被欺負。

阿義將平時心中積鬱的情緒，透過這顆球盡情釋放出去，一次次用力地投向雄介的手套。因為他知道，雄介會好好地將這一切都接牢。

多麼希望傳接球的時間不要結束。

直到永遠……

阿義與雄介的第一次見面是在三個月前，那是阿義父親剛被處決後不久的事。那一天，身為西來庵事件的「匪徒遺屬」，阿義被要求前往支廳舍進行「思想教育」，學習《教育敕語》[115]、陋習改正等。

離開支廳舍沒多久，阿義就被四、五個內地少年盯上，一路尾隨他，同時言語挑釁。最後至無人處時，甚至準備開始動手。

阿義很害怕，不敢停下來，腳步加快想要離開。

「喂！土匪之子，叫你沒聽見嗎？」一名身材較高大的少年，快步追上阿義，接著朝著他後腦就是一拳。

阿義冷不防被襲擊，一下就倒在地上。尾隨眾人見狀，立刻圍了上去，大家一陣拳打腳踢。

「還跑！清國奴！」

阿義倒在地上全身蜷縮，不敢還手。他知道一旦還手會被修理得更慘，因為這已經是他一個禮拜內第三次被圍毆，可說是經驗豐富。

就在這時，一道陽光照了過來。

「幹什麼！」

「你們丟不丟臉啊！那麼多人打一人。」

眾人聞聲後，紛紛轉頭察看。

「是鹿沼家的雄介啊！」

「怎麼樣？我們在教育土匪之子，關你什麼事？」為首那人滿不在乎地說。

雄介彷彿沒聽到，一邊冷笑一邊直直走到對方面前。

突然間，雄介用盡全力掄了一拳，拳頭直接砸在對方毫不設防的臉上，那少年的鼻梁硬生生被打斷，鮮血不斷從鼻孔湧出。

隨後，雄介對著其他人豪氣地說：「怎麼樣？我在教育敗類，有意見嗎？」

眾人都知道雄介是運動高手，沒人敢再造次，一溜煙跑走了。

從此，阿義就視雄介為正義使者。同年齡的兩人，很快就成為莫逆夥伴，雄介教阿義打棒球、阿義教雄介漢文。

說起來，這兩人都出身教育世家，彼此意氣相投，雄介也將阿義介紹給父母認識。雄介一家人都對阿義的遭遇相當同情，對他很是照顧。

當然，由於有雄介當靠山，其他的內地孩子不再敢找阿義麻煩。

儘管如此，阿義的生活仍然過得越來越艱辛。自從父親被捕後，原本在庄內人緣頗佳的阿義，忽然之間變成瘟神，人見人怕，大家都擔心和「秀才爺」一家扯上關係會有麻煩。

比起被日本人欺負，阿義更難過的是遭到他視為自己人的鄉親背叛，而且這個跡象越來越嚴重。

隔壁的阿水嬸一家，世代向阿義家承租田地耕作，兩家關係向來密切。阿義從小就喪母，沒有孩子的阿水嬸更是將阿義視如己出，宛若母子。

在秀才爺被帶走的那天，阿水嬸還答應會幫忙照應阿義的飲食起居，要秀才爺別擔心。但才過兩天，只要是阿義來敲門就開始相應不理，在路上碰到也會避開眼神，當作不認識。

原本自告奮勇要協助阿義，在他上學時幫著看家的源仔，竟趁著阿義不在家時從「秀才厝」裡偷東西。起初還只是偷偷摸摸地帶一些小物品，不久後明目張膽起來，當著阿義在家時，找一票狐群狗黨入屋搬走昂貴的瓷器、書畫，阿義想要阻攔反而被痛打一頓。

新任的派出所巡查三天兩頭跑來家裡「訪查」，每次都要帶回一些「證物」，還找源仔等人一起來搬。原本因為父親留下不少遺產，家境應該還算殷實的阿義，不到一個月，竟然變得家徒四壁。

這些物質上的損失、精神上的遺棄，對阿義來說其實都不算什麼。他真正在意的是，現在鄰里間已經沒有人稱父親是「秀才爺」，而是和日本人一樣稱作「土匪」，而他則是「土匪囡仔」。

他很想向別人解釋父親不是「土匪」，父親是有風骨的讀書人啊！但鄰里間已經沒有人願意和他說話，更遑論聽他解釋。

父親在臨刑前，於台南刑務所[116]寫下最後的遺書，是阿義堅持活下去的原動力。遺書裡詳述著父親為何選擇走上這條不歸路的緣由，以及自身在面對牢獄酷刑時，仍不改其色的士子志氣。

最重要的是，遺書裡同時也寫著父親生前從未輕易對阿義說出口的愛與期待，以及因自身案子導致阿義必會受到牽連的歉意。父親猜想，此後阿義的人生可能會徹底改變，因此他不求阿義將來能飛黃騰達、光宗耀祖，只有個最卑微的期望，希望兒子能「活下來」。

「吾此生迂腐不求變達，以致交絕途窮，汝務必深以為戒。即令鳥囚於籠、鯨困於灘，也需窮極方法，勉力求生。不求兒富貴豐盈，只盼能代吾長活於世，此願足矣。」

遺書中的這段話，阿義牢記於心。他在心中暗自答應父親，無論碰到什麼絕境，一定會想辦法活下去。

活著，比什麼都重要。

儘管因為父親的一篇文章，導致阿義落到如今這步境地，但他從未責怪父親，他完全理解父親做為一名傳統讀書人，在面臨被時代遺棄時的絕望，以及最後仍希望能奮力一搏的想法。

父親依然是他最仰望的那顆「文曲星」[117]。

阿義相信父親現在就在天上，繼續照看著他。

這一天，前往討伐西來庵餘黨的台南守備隊[118]，其中一個小支隊約五十人，剛結束一波清鄉掃蕩，行軍返回台南營區。途中經過庄內時，接到命令要暫時原地駐防，以因應最後一股尚未投降的叛軍。

部隊駐地需要住房，保正建議軍方，「秀才厝」占地適中，若不夠陳家還另有土地可用，可以搭建臨時舍房，且使用「原土匪」的住處作為臨時營區，既合理又不擾民。因此，軍隊便強行進入，徵用了房舍及陳家所有的土地，並把阿義趕了出去。

軍方給阿義兩個小時收拾行囊，但此時家中已經沒有任何值錢的東西，他只背著一個包袱，帶了隨身衣物及父親的遺物，便離開秀才厝。

離開家的那一刻，阿義見到鄰里們都在門外無聲地圍觀，阿水嬸、源仔都在，但沒有人替他說話爭取，也沒有任何一戶熟識的人家，出面說一句：「來我們家住吧！」大家彷彿在看著一個瘟神，希望他趕緊離開。

天空正下著細雨，也許是寒流來襲的關係，讓阿義感到好冷。

他打著哆嗦走到屋外院埕，經過阿水嬸的身邊時，多希望這時能聽到阿水嬸的聲音，哪怕只是句「你要好好照顧自己」都好，讓他知道這世界還有人有那麼一絲絲關心他。

可是，他什麼都沒聽到，只聽到士兵大聲催促斥喝的聲音。

想到自己與父親遭到鄉親遺棄到這個地步，想到也許這輩子再也回不來這裡，阿義的眼淚幾乎要流淌出來。

但他告訴自己：「不能哭，我是秀才爺的兒子，給阿爹爭口氣……千萬不能哭……」

阿義昂著頭走出大門，看似倔強，其實只是不想讓眼淚流下。

真的要離開秀才厝了，他好捨不得這裡……

再見了，秀才厝！

再見了，我的家！

雖說帶著全身家當，但其實除了幾件破衣服，阿義什麼都沒有。他走在路上，忽然發現自己不知道要往何處去。

家鄉是待不下去了，這裡沒人歡迎他。另外，雖然再過三個月，就可以從公學校畢業，但如今書也不用念了，也不用考慮升學的事，想辦法謀生比較重要。

不過，當務之急是要找個落腳之處。

對了，還有雄介！

雄介的家在大目降里[119]的日本人住宅區，一身寒酸背著包袱的阿義，不敢貿然走進去，他決定在尋常小學校門口等雄介放學。

放學時間到了，小學校的內地人學生陸續走出校門，但遲遲未見到雄介的身影，阿義有了不好的預感，開始有些擔心。

這時候有人朝著阿義走了過來。

不是雄介，而是之前欺負他，反被雄介修理的那幾個內地人小孩。

沒見到雄介，反而遇到這幾個壞傢伙，阿義嚇得渾身發抖。

「你要找雄介？他今天沒來上學喔。」上次被雄介打斷鼻梁的孩子說。

對方語氣平和，不像是有惡意，阿義暗暗鬆了一口氣。

「我們帶你去找他吧，我知道他去哪裡。」

「真的嗎？拜託你們了。」阿義天真地跟著這群孩子走了。

眾人遠離了學校，走進附近的樹林裡。此時，這群內地人孩子露出了笑容，也露出了獠牙。

「這次雄介不在，看有誰替你撐腰！」

「上次雄介打的那一拳，我今天可是要加倍奉還喔！」

這裡四周無人，阿義才發現自己上當，誤上賊船。正想逃跑出聲求救，就被一把抓住，推倒在地，緊接著就是數不盡的拳腳招呼。

阿義臥倒在地，一邊手抱著頭，一邊放開喉嚨，大聲喊叫：「雄介救我！」

「雄介不會來了，你以後再也見不到他，他們家要回內地了！」

一聽此言，阿義突然忘了自己還在被圍毆，現在腦中浮現的念頭是：「雄介一家要離開台灣了，為什麼他沒有和我說過？」

還有，那我怎麼辦？

天下雖大，哪裡還有容身之處？

「連雄介都捨棄我了？」

阿義萬念俱灰，心想：「放棄了吧！乾脆就這樣被打死算了。」

此時，阿義身上掉出一封信，那是父親的遺書。

看到父親的遺書，一股求生意志油然而生。

不，絕不能死，我答應過父親，無論如何要活下來！

阿義伸長了手臂拿回掉在地上的父親遺書，並用盡全身的力氣，由丹田發出了大聲地呼喊。

「啊！～」這是求生的呼喊。

阿義猛然從地上爬起，掙脫眾人並拔腿狂奔。那群內地孩子沒料到他會突然暴起，一個不注意便讓他逃出。

阿義不斷地向前跑著……

阿義快跑，跑到任何人都抓不到你的地方吧！

十、東京狂想曲

案件發生已是第三天，雖然案情有些許眉目，死者之一的陳金水可能就是刺殺另一名死者藤島的兇手，但沒有確切證據可供證明，一切都還在推測當中，且陳金水之死尚未鎖定嫌犯，距離整個案件的真相尚有一段距離。

台北南署刑事課為了此案，展開激烈的討論。

一派主張乾脆以陳金水刺殺藤島後，於新店線列車上自殺的說法結案。該派認為，陳金水一案陷入瓶頸，若不能早日破案，將使警署顏面盡失。同時目前被列為嫌疑人的「球見會」成員，多是社會上有頭有臉的人士，處理不好會惹來麻煩。不如將案件就此定調，還可讓同時也在調查的高雄署不必再瞎忙。

但以李山海、北澤為首的一派，則堅持陳金水一案必須查個明白。在沒有任何證據證明的情況下，隨便將所有的罪名安在一個已死之人身上，是警察的恥辱。而且，正因為高雄署也同步進行搜查，若是對方查出與本署不同結論，會非常尷尬。

在爭論僵持不下之際，為了突破僵局，李山海等人決定加快搜查腳步。

李山海對於高雄署的石上在信中所提到，「縱貫線與新店線交會的萬華站可能是關鍵」，深有同感。兩起命案分別發生在兩條不同鐵道路線上，而這兩條鐵道的交會處正是萬華站。

如果照這個邏輯來看，案發當晚參加完聚會後，搭夜車南下的鹿沼，是最要被懷疑的對象，因為其乘坐的列車必定有行經萬華站。而他也確實因為招募選手而和藤島產生競爭。雖然很難理解，但勉強可將此視為行兇動機。

但是李山海翻了一下時刻表，很快就失望了，鹿沼當晚搭乘的是晚間十點半從台北開出的「急3」號臥鋪車，該班列車並未停靠萬華站。

事實上，就算這班車有在萬華站停車也無濟於事，因為從台北到萬華不過就是五、六分鐘的時間，列車到達萬華站絕不會超過十點四十分，而這個時間陳金水應該在新店某處。因為他不久後會搭上了十一點十五分從新店端開出往萬華的末班車，只是還不確定他在新店的何處與兇手碰面。

待在警署裡空想也不是辦法，李山海決定親自去會一會鹿沼。與此同時，北澤前往北鐵新店線在新店端的三個有人車站「郡役所前」、「新店」、「大坪林」，一一詢問站務人員，有沒有在案發當晚見過死者陳金水。

大城戶商事位於台北最熱鬧的榮町[120]，靠近總督府，是一棟三層樓的赤煉瓦巴洛克式建築，相當豪華。李山海向門房表明身分後，隨即被帶到二樓的支局長辦公室。

支局長辦公室裡面還有一扇門，第二進的房間才是鹿沼本人辦公處所，外面則是秘書的辦公桌，與接待貴賓的沙發。

「不好意思，支局長正在會議室和總督府的官員開會，應該很快就結束了，請稍等一下。」

身著筆挺西裝的秘書，是一名外型爽朗的年輕人，年約二十三、四歲。他一開口就博得李山海的好感，因為是帶著台灣腔的日語，很明顯是個本島人。

對於鹿沼這麼一個大公司的負責人，其辦公室秘書竟然是個本島人，讓李山海非常意外，忍不住用台語和他攀談起來。

「你是哪裡人？」

可能是沒想到刑警也是台灣人，秘書愣了一下：「刑警先生也是本島人啊！」

「我家在海山郡板橋街[121]，我姓林，刑警你呢？」

「我住在淡水，姓李。」

初次見面的兩人，很自然地話起了家常。

「在公司裡很少有機會講台語，今天大概是頭一遭吧！」林秘書難得在公司說母語，顯得很開心。

李山海心想，既然秘書願意多講話，何不如趁此機會，多打聽些資訊。

「你們老闆參加的『球見會』俱樂部，發生了命案，你知道吧？」

「是的，我聽說了。」

「我這次來，就是想要問一些關於死者的情報，畢竟鹿沼先生是他們的朋友嘛。」為人細心的李山海，為了不讓下屬事後在鹿沼背後說閒話，沒有明說其實鹿沼也是嫌疑人之一。

「聽說高雄那邊的警察有問過了，但我當時沒跟去，不知道狀況。你們台北的警察還要再問一次啊？大概是例行公事吧！也真辛苦。」

「吃人頭路，難免嘛。」李山海敷衍回答著。

隨後裝作閒聊般，問起林秘書關於鹿沼的事。

「你頭家是怎樣的人？對你好不好？」

林秘書以為刑警是關心他在內地人底下做事適不適應，很自然地回答：

「說起來你大概不相信，我沒見過對本島人員工這麼好的日本老闆了。」

林秘書表示，他家裡務農，從小就要在田裡幫忙，過了十歲才進公學校讀書，十七歲畢業後在台北車站前的一間運輸行工作，起先只是打雜，後來成為司機。因為運輸行常常和大城戶商事合作，一次因緣際會下認識鹿沼先生，鹿沼問他願不願意來當專屬司機，就這樣進了大城戶商事。

「一開始是當老闆的司機，他大概看我做事認真，三年前就叫我來當辦公室秘書到現在。

「我本來很擔心，因為面對的都是有頭有臉的人，怕做不好會被罵。但老闆脾氣很好，對我非常包容，還一點一點教我上流社會的應對進退。

「而且他真的是品格高尚的人，跟在他身邊的我看得最清楚。無論是做生意還是做人處事，絕對是第一流的人品。

「我能有今天，讓全家都翻了身，全都是老闆所賜，他是我的大恩人。說真的，現在無論是他要我做什麼事，我一定會為了他做到。」

林秘書毫不掩飾他對鹿沼的景仰，而且這番好評，看起來並非是為了逢迎上司而說。李山海感覺得出來，這是他發自內心的想法。

兩人談話間，鹿沼回來了。他已事先得知有刑警前來拜訪，一見到李山海，便很客氣地把人請到裡面辦公室。

辦公室裡很寬敞，除了高級的檜木辦公桌椅外，待客的紅絲絨沙發也很有質感，李山海就被招呼坐在此。牆上則掛著一幅大型的《最新大日本鐵道地圖》，這是昭和十一年，由鐵道省[122]編彙，東京日日新聞[123]印製的巨大地圖。圖中詳細繪製出包括日本四島、沖繩、台灣、朝鮮、樺太[124]、滿洲的鐵道路線。

近年來，大城戶商事的事業版圖急速擴張，如今所有插著太陽旗的土地上，都有大城戶商事的足跡。

「讓你久等了，刑警先生。」

鹿沼很客氣地招呼李山海：「剛剛聽你和林秘書聊天，你也是本島人？」

「是的，鹿沼先生聽得懂台語嗎？」

「林秘書有教我一點，但還不太會說。」

鹿沼禮貌地寒暄，李山海心想，這個人似乎與大家說的一樣，是個好相處的人，沒有大老闆常見的傲氣。

「鹿沼先生是東京人嗎？講得一口純正標準語。」

鹿沼笑了笑，「不是，我是四國德島人，但是在東京念大學，常常有人誤會。」

他邊說邊走向角落的留聲機，「我習慣辦公室裡有音樂，介意我放唱片嗎？」

「請隨意。」

李山海趁著鹿沼在放唱片時，默默地觀察。鹿沼給他的第一個印象就是親切，像是家人般的平易近人，這點和林秘書說的相吻合。

留聲機傳來了陣陣歌聲：

「愉悅的都市，戀愛的都市，
　夢中的樂園，繁華的東京。」

鹿沼坐到李山海對面的沙發，先拿出香菸，遞給李山海一支，並幫忙點菸，隨後自己也拿一支抽了起來。

「這首歌是我最喜歡的曲子，前年推出的〈東京狂想曲〉[125]，是名音樂家藤山一郎[126]的作品，刑警先生有聽過嗎？」

「沒有耶，我對這方面沒有涉獵。」

「這樣啊，太可惜了，如今可是有很多好音樂呢！」

李山海心想，又不是每個人都像你一樣有錢，可以在家買台留聲機。

「知道我為什麼喜歡這首歌嗎？

「這首歌描寫的東京，和我曾待過的東京幾乎一模一樣。」

鹿沼開始自顧自地說起關於這首歌的感想。

「如你所知，我是出身自四國鄉下地方。初到東京時，被東京的繁華所震驚，然後便著迷於此。

「也許是出身鄉下使我感到自卑，所以我在東京時，比任何人都努力念書、努力工作、努力學習標準語，我用盡一切方法想在那裡生存。

「很幸運地，大學畢業後，我獲得進入大城戶商事的機會，還得到會長賞識，如今更是讓我擔任台灣支局的負責人。

「一直以來，對東京的嚮往促使我不斷向上，最終形成了現在的自己，所以我對這首歌很有感觸。

「不好意思，自顧自地說這些無關的話，讓你見笑了。」鹿沼對自己朝一個初見面的人發表長篇大論，感到發窘。

「哪裡，哪裡。」李山海心想可不能再蹉跎下去，便將問題直接切入兩起命案，「我們可以開始討論這兩件案子了吧。」

「不過，之前高雄的刑警已經問過了，還要再問些什麼？」

「可以再說明一次案發當晚的行蹤嗎？」

「雖然已經在高雄說過一次，但我還是再講一次好了。」看得出鹿沼對於同樣的問題有些厭煩，但他還是願意耐心地回答。

「當晚聚會十點結束後，我到台北車站搭十點三十分的『急3』號臥鋪車，是野塚送我去的，上車後除了曾在通道上與車廂服務員聊天，其餘時間都待在包廂內，直到隔天早上八點抵達高雄。」

「我問得確切一點好了，當晚十一點左右，你確實有在列車上嗎？那時候列車到哪裡知道嗎？」

由於陳金水確實搭上了十一點十五分往萬華的新店線末班車，因此李山海認為兇手應該是在十一點左右和他在新店附近碰面。

「當然在車上，不過當時列車開到哪裡，我要再想想。」

鹿沼先是自己想了想，但後來還是拿出了時刻表翻閱。

「有了！你看，十一點左右列車應該是快到桃園。那個時候我正在和服務員聊天，一直聊到十二點，快到新竹時才回房間睡覺。」

李山海從鹿沼手上接過時刻表，「急3」號確實於十一點十一分抵達桃園站。

「你可以向列車第一車廂的服務員詢問確認，但我忘了他叫什麼名字了。」

如果服務員能作證的話，那麼鹿沼就能有不在場證明了。

再來是動機的部分，雖然李山海知道即便鹿沼真是兇手，也一定會否認。且「為了爭奪選手進入母校就讀而殺人」，聽起來就是很薄弱的動機。

但在沒有查出其他動機情況下，無論如何，李山海都想聽聽鹿沼對此的說法。

「最後想請問，關於為了爭奪那位大下選手，你與渡邊，有和藤島發生過什麼爭執嗎？」

原本一派輕鬆的鹿沼，忽然站了起來，嚴肅地對著李山海說：「警方要怎麼懷疑我都無所謂，但我不希望有人質疑我會因為野球的關係而殺人，這對神聖的野球是種褻瀆。

「真正愛球的人，不會讓它蒙上汙點的，希望你能明白這點。」

這番義正詞嚴的強烈言論，雖然讓李山海有些尷尬，但也讓他相信鹿沼絕不會因為招攬選手這種事，而犯下殺人罪行。

十一、不在場證明

李山海與北澤相約在新公園[127]的露天音樂台，討論這一天各自行動的收穫，兩人在一排排的長椅中，選了一個遠離其他遊客的座位坐著。

兩人坐定後，確認四周沒有閒雜人等後，由李山海先說去和鹿沼會面的情形。

李山海表示，當他提到兇手對藤島的殺機可能是有關於招攬選手時，鹿沼那強烈卻又令人感到真誠的反應。讓他認為，鹿沼應該不會為了招募選手這種理由而殺人。

緊接著又談到去鐵道部求證當天南下的「急3」號臥舖車的車廂服務員狀況。

「服務員怎麼說？」北澤很好奇。

服務員向李山海表示，當晚的「急3」號列車是由基隆開出，抵達台北時間是十點二十四分，由台北發車的時間則是十點三十分，第一車廂在台北上車的乘客共有五人，其中第一號房的乘客就是鹿沼，而鹿沼在列車一靠台北站時，就馬上上車了。

列車從台北開車後，服務員依房間號碼陸續幫乘客鋪床，全部完成的時間大約是十點四十五分。此後他便在車廂通道和鹿沼聊天，一直到列車快到新竹時，大約十二點前後鹿沼才回房睡覺。

也就是說，服務員的說法和鹿沼的證詞相同。鹿沼有著十一點左右時的不在場證明。

談完鹿沼這部分，接著輪到北澤說明查訪新店端車站有沒有見到當晚陳金水搭上末班車的狀況。

「新店的三個有人車站我都去問過了。」

「結果怎麼樣？」李山海問道。

「不出意外，『大坪林』和『新店』的站務員都說沒有印象。」

「有沒有可能看漏？」

「這兩站都說當天末班車只有零星幾個乘客進站上車，陳金水手上拿著一支大酒瓶，應該不會看漏。」

「起始站『郡役所前』呢？」

「問題就在『郡役所前』站。」

北澤開始敘述「郡役所前」站當天遇到的狀況。

原來當天晚間「郡役所前」站往萬華的上行末班車在發車前，剛好有一班由萬華開至新店的下行列車抵達，該班車搭載了由台灣拓殖會社[128]從滿洲、朝鮮邀請前來的顧問代表團一行約三十人。

由於該團人員是總督府交代的重要賓客，車站原本就有限的幾名人力全都被動員起來負責引導，協助賓客出站並帶往車站附近的旅館「南海屋」，所以沒有餘力顧及進站乘客。

「怎麼可能都沒人管制進站乘客？」李山海覺得很納悶。

「當然還是有，其中有一名在月台閘門的站員，就要負責一邊以口頭引導出站乘客，一邊要查驗進站乘客車票。」

這名站員表示，印象中沒看過陳金水，但因為當時站房很混亂，他對進站的乘客並無暇多加留意，不敢保證一定沒看漏。

「這樣啊……」李山海有些失望。

「看樣子陳金水可能就是這時在『郡役所前』站趁亂進站上車的，那麼兇手必定也是在車站附近與他會面。」北澤如此認定。

北澤認為，現在可以將兇手範圍縮小，鎖定在可以於晚間十一點十五分之前，出現在「郡役所前」站附近的人。

「可是兇手為什麼要陳金水於縱貫線列車上殺完人後，又特地回到『郡役所前』碰面呢？還有陳金水都已經回到新店，但為什麼還要從『郡役所前』站上末班車前往萬華？」李山海覺得這樣的推理還是有很多疑點。

「有可能他只是懶得走路，想從『郡役所前』搭一小段車到離家最近的『公學校前』吧，這樣可以少走一些路。沒想到一上車喝了毒酒後就死在車裡，一路被載到萬華。」北澤試著幫這個推理作解釋。

「也許吧，但總覺得哪裡怪怪的。」李山海道。

「球見會的其他成員大多住在台北市，當晚聚會也在台北車站附近，如果兇手真的是其中之一的話，為什麼要特地和殺了藤島後，搭乘縱貫線北上返程的陳金水約在新店線的『郡役所前』？而不是對雙方更為方便的萬華和台北車站？」李山海怎樣也想不透兇手這樣安排的用意。

不過，兩人還是先試著列出所有嫌疑人證詞，看看有沒有人能在十一點十五分之前到達「郡役所前」站附近。

嫌犯有可能利用私家車、計程車、鐵道部自動車課[129]的巴士等方式，當然也可能和拓殖會社的顧問團搭乘同一班新店線列車到達。

以下是眾人於十一點十五分左右的不在場證明：

野塚尚	自稱十一點離開咖啡廳，無人作證
鹿沼雄介	列車服務員作證，當時確定待在南下列車上，車剛過桃園
正木勇次	同袍作證，十點三十分即回到營區，並未再出門
渡邊大陸	隊友教練作證，至少當天晚間十點前確定還在高雄的下榻旅館中

小林雅和　同學作證，十點四十分前即回到宿舍，並未再出門

由於渡邊大陸在晚間十點前還確定待在高雄的下榻旅館，因此他無論用任何方式，都不可能在一小時後抵達「郡役所前」站。

因此，只有咖啡廳老闆野塚沒有不在場證明……

十二、江山樓

案子還沒有偵破，但李山海這天晚上必須暫時把它忘掉，因為今天有一個應酬，一個非去不可的聚會。

台北北署[130]的刑事課長大久保，年底即將退休，其下屬們這天晚上在大稻埕著名的「江山樓」[131]設宴，歡送退休後將返回內地養老的老長官。

台北警察署於大正九年，以北門為界分為南北兩署。自兩署分立後，彼此間的競爭就沒停過。南署位於城內，負責包括總督府在內的精華區域，轄區內地人比例高，以台北警署正統自居。北署則在城外大稻埕，轄內多為本島人，但警察任務比城內更重。相較於南署的優越感，北署認為自己為肩負內地人與本島人間聯繫的要角，才是台北警察的代表。

由於兩署間的競爭心理，這場大久保刑事課長的歡送宴上，本不該出現南署的刑警。但李山海是唯一的例外，因為他曾經是大久保最仰賴的部屬。

原來李山海早期便是北署出身，剛好在兩署分立當年進入警界，初任警職擔任的是永樂町四丁目派出所[132]巡查。因為他對刑案的偵辦能力、敏銳度高人一等，很快就受到北署高層的注意，沒多久便被吸收進入刑事課，而當時拔擢他的課長就是大久保。

如果說曾在前清擔任捕頭的父親，是李山海在刑偵方面的啟蒙老師，那麼大久保就是他的就業恩師。李山海所有在刑事案件上的實務技巧，都是大久保傳授的，因此大久保的歡送會他一定得去。

李山海走在大稻埕的街道上，正邁步前往「江山樓」，但腦子裡還在想著案件。野塚是唯一沒有不在場證明者，但他真的是兇手嗎？他有什麼動機需要殺掉藤島和陳金水呢？

這個因為熱愛野球的男子，費盡心力籌設「球見會」，理論上為了維護俱樂部，對於任何麻煩應該都避之唯恐不及，又怎麼會對成員痛下殺手？

就在腦中思考的同時，李山海已經到了「江山樓」。

四層樓高的「江山樓」不僅是大稻埕首屈一指的高級飯館，睥睨其他台北建物，這裡更是北台灣數一數二的「藝旦間」[133]。而且「江山樓」曾經在大正十二年，今上天皇還是太子訪台時[134]，承擔過台灣料理的餐宴，口味可見一斑。

李山海不是第一次來「江山樓」，這裡是北署的地頭，他在北署服務時曾跟著前輩們來過幾次。所以他很清楚，類似今天這種場面，美其名是北署刑事課同仁設宴歡送老課長，但實際上一定是店家「贊助」，不會向刑警們收錢。

對「江山樓」這種規模的大酒家來說，用如此「小惠」維繫和警方的關係當然沒什麼，而且算是便宜生意。但李山海知道，其他更多的攤販、商家也都這麼做，求的卻只是希望警察平常別沒事找麻煩。在很多老百姓的眼裡，警察就是橫行霸道的代表，尤其是部分狐假虎威的本島人警察更讓這種情況加劇。

李山海一向不在轄區認識的餐館用餐，特別是本島人開的店家。因為就算表明自己要付帳，店家還是不敢收，但事後可能又會跟人抱怨他仗勢吃免錢飯。怎麼做都不是，乾脆去不認識的地方吃。

人前說是「警察大菩薩」，人後說我「三腳仔」[135]……

李山海覺得台灣人很可憐，但有時候覺得裡外不是人的自己更可憐。

不過，今天別想那麼多。無論如何，大久保課長的歡送宴，他一定要來。

大久保課長今天喝得很盡興，對於往後可能沒什麼機會吃到的整桌台菜也很滿意。酒過三巡後，開始暢談他在台四十年的經歷。

大久保出身於內地的島根縣，今年即將滿六十歲。十八歲那年日本接收台灣，他參加台灣警察招募獲選來台，幾乎把一輩子都留在這裡，如今要結束超過四十年的警職生涯返鄉，自然有些不捨。

「在台灣這四十年，所有大動亂我都遇過了，真的！」大久保對於自己在台灣豐富的經歷感到十分自負。

一名北署的刑警順著長官的話接著問：「課長對哪件事最有印象呢？」

「幾年前台中州[136]的霧社番人動亂[137]我就不多說了，你們都知道。而且那時候我只是被派去埔里坐鎮後方，沒親身到過現場。

「我印象最深的是二十多年前在台南的西來庵事件，你們聽過嗎？」

對於西來庵事件，有點年紀的刑警即使沒經歷過，也聽前輩講過，但年輕一輩的對這件事就不太清楚了，紛紛搖頭。

大久保開始說起他的西來庵事件經驗。

「當年事件一發生，全台警察動員，台北的警察也派了好多人去台南支援，我就是其中之一。我們到台南時，戰鬥其實已經差不多要結束了，剩下的工作只是跟在清鄉掃蕩的軍隊後面，協助事件後的地方秩序重建。

「但所謂掃蕩，其實只是軍方單方面的殺戮，那場面太血腥、太殘酷，到今天我都還忘不了那些幾乎被滅村的地方，竹頭崎、北寮、社寮、牛埔、埔頭仔、內莊仔……」

大久保嘆了口氣，接著說：「唉！現在想想，當年我們的軍隊實在做得太過了，何必呢？」

這個話題太過沉重，現場沒人搭話，大久保也不想繼續下去，決定換個主題。

「你們知道這四十年，我印象最深的人物是誰嗎？」

有人開玩笑地猜說：「不會是過去有名的廖添丁[138]吧？」

大久保笑著回道：「廖添丁還真的是很麻煩的人物，那時候為了抓他，可是搞得大家人仰馬翻。

「但我不是在說他，我最難忘的是『虎頭』李福虎。」隨後看了看李山海，「他是山海的父親。」

眾人驚訝地望向李山海，讓他感到有些窘迫。自己好像該有些表示，便尷尬地點了點頭。

「你們都太年輕，沒人聽過『虎頭』這個名號，四十年前這個名號在台灣警察中可是個傳奇呢！」

「李福虎外號『虎頭』，是清國時期淡水縣衙門的總捕頭，淡水縣差不多就是現在台北市、七星郡、海山郡、文山郡、新莊郡[139]、淡水郡[140]的總和，非常大的。

「傳說中，只要是『虎頭』辦的案沒有破不了，我說得沒錯吧？」

大久保轉頭望著李山海，徵詢這位傳奇人物之子的意見。李山海覺得似乎該代父親向老長官謙虛一番，但又不知怎樣說才得體，只能報以苦笑。

「當時我們內地警察剛來台灣，人生地不熟，語言又不通，對於本島人的習性及犯罪模式完全不懂，遇到案件根本束手無策。後來有在地人告訴警方，想要破案很簡單，請『虎頭』出來就沒問題了，沒有什麼案子是他無法解決的。

「起初我們還不信，大家都覺得清國捕快那麼老派的辦案方式，跟江戶時代的町奉行[141]一樣，有什麼了不起的，何況他還曾是抵抗皇軍的『籌防營』一員。但因為那時局勢還很動盪，社會一團混亂，未破案子越來越多，我們才決定去找『虎頭』幫忙。」

大久保談起故人，越說越帶勁。

「他實在是厲害啊！我們對本島犯罪嫌疑人想像不到的行為、心態，他都瞭若指掌，犯人可能是誰？會躲到哪裡？調查應該從何處下手？就拿如何讓罪犯認罪來說，針對沒有證據的嫌犯，他建議我們用些裝神弄鬼的手段代替拷問，就可以逼嫌犯坦承犯行，這些都是我們覺得不可思議的手法。

「他沒有到現場，光聽我們轉述就能掌握案情，而且下出精確的判斷，幾乎沒有失誤，對我們警方在早期的治安處理上有很大幫助。所以後來只要是從內地新來的刑警，都會去向『虎頭』拜碼頭。

「不過，李福虎一直不願意出來任官，只願意當顧問。好在他的兒子繼承衣缽，願意投入警界。」

大久保看著李山海，心有所感地表示：「以前『虎頭』教我如何在台灣辦案，後來我教他兒子如何在台灣當刑警，真的是一件很有意思的事呢！」

北署眾刑警這才第一次知道，原來老課長一直很重視李山海，除了他本人的辦案能力外，還有這麼一層因緣。

李山海帶著些微醉意離開「江山樓」，酒量不好的他，本來不想喝多，但因為話題引到他父親，眾人紛紛開始向他敬酒，不得不多飲兩杯。

跨過十字路口，李山海回頭望了「江山樓」一眼，腦中忽然想起一首詩，是當代文人廖錫恩的〈題江山樓〉[142]，便在心中默念了出來：

城郭知非昨，江山剩此樓。
紛紛詩酒客，誰識個中愁。

李山海雖然讀過一些漢文詩詞，但並不通達，自己也沒想到會突然靈光一現，背出這首曾在報上看過的詩。大概是因為有些醉意的關係吧！

真是的！都是北署那些人害的。什麼時候開始內地人喝酒也和本島人一樣，會找人拚酒，而且還硬要人乾杯。

他心想，這樣下去，五十年後、一百年後，到底是本島人會變成日本人，還是內地人會變成台灣人啊？

想著想著，李山海才意識到自己怎麼會考慮這種蠢問題，不禁笑了……

李山海家住淡水，回程要到「雙連」[143]站搭淡水線[144]列車。為稍解一下酒氣，他不坐人力車，慢慢步行至鄰近大稻埕的「雙連」站。

回想剛剛席間，大久保課長說了很多關於父親的軼事。早期的日本警察確實都視父親為傳奇人物，自己在小時候也常常看到警察到家裡拜訪父親，當然，也許其中還有些監視意味。不過，不可否認日本警察對父親是推崇的。

然而，關於父親願意和日本人合作，卻還有大久保課長他們不知道的一面。

李福虎曾經說過，乙未年台灣被割讓，當時沒人知道日本人來了後會怎麼樣。有人說朝廷不管台灣了，日本人會殺光所有台灣人；有人則說日本人會把台灣人都送回唐山，一時間各式各樣的傳言紛飛。但總而言之，大家的認知是，只要日本人一來，家園都會保不住。

李福虎在「籌防營」守台北城時，其實心裡完全沒想到什麼大清國、台灣民主國。之所以拿起武器站在城牆上，只是單純想著要守護自己的家園，這樣的心情和當捕快想要維護地方治安並無二致。

不過，在日軍兵臨城下之前，台北城內卻接連發生兵變[145]，日軍還沒殺來，城內就已化作一片火海，散兵游勇則趁火打劫。

站在城牆上的李福虎還沒看到敵人，便無心戰鬥，一心只想趕快回家確認即將臨盆的妻子是否安全。也因為城內的動亂嚴重，台北仕紳與外商決定求助日軍，以恢復秩序。

台北在未經戰鬥的情況下開了城門，迎接日軍進來，市街也逐漸回復平靜。李福虎沒有跟隨義軍轉戰南北，而是放下武器，回到親人身邊。妻子也在不久後生下兒子，就是李山海，一家三口一起迎接新時代。

怎麼樣才算是守護家園？

這是李福虎一直在思考的問題，特別是經歷過台北開城前那番修羅煉獄般的慘狀之後。

是城亡與亡、玉石俱焚博得萬古流芳的美名；還是不計毀譽留在家人身邊，盡量避免家園受到戰火波及？

李福虎在兩者中選擇了後者。

就在此時，義軍首領們決定捲土重來，糾集原台北城守軍、民兵，預定於隔年初反攻台北城。做為台北地區人盡皆知的大捕頭，李福虎當然是義軍極力招攬的對象，鄉親也理所當然認為「虎頭」應該參加剿滅「倭寇」的大事。

而這次他拒絕了。

雖然義軍在台北城反攻中，一度攻占大稻埕[146]，但最終仍以失敗告終。從此往後，台北城再無戰事。

然而，李福虎的拒戰，讓他從原本鄉親眼中的守護者，一夕間變成貪生怕死的膽小鬼。加上為了希望社會能早日恢復正常，他屢次與日本警察合作，提供建言，更因此成為大家口中的「漢奸」、「三腳仔」。

李山海從小在鄰里間異樣的眼光中長大，但父親總要他別在意。

「大家都讚頌在揚州城破身死的史可法[147]，但我認為替蒼生忍辱的馮道[148]才是真正的勇者。」

李福虎用古代例子告訴自己的孩兒，真正的偉人不是豪氣干雲、引頸就戮的史可法，而是曾經侍奉五朝、八姓、十一帝，「事君不忠」的馮道。

「史可法殉國不過一瞬，且於天下無益；馮道甘冒世間訕謗四十年、史家不齒九百載，但卻能在當下保境安民、穩定時局，這才是偉人。」

李福虎選擇走上馮道的路，李山海也是……

十三、往返

李福虎在淡水河邊的大樹下，拿了張板凳坐了下來，原本在四周玩耍的一群孩子見狀立刻自動地聚集，不少大人也陸續走了過來。

李福虎一家從大龍峒[149]搬到滬尾[150]後，就住在香火鼎盛的媽祖廟附近，這裡是淡水最熱鬧的地方，有種「大隱於市」的味道。每天中午過後，他會來到河岸邊乘涼，而這也是鄰居小朋友最期待的時間。

因為「虎頭阿叔」要講故事了！

李福虎說的故事都取材於過去的辦案經驗，有別於坊間妖魔鬼怪充斥其間的童話軼事，他的故事更貼近一般人家的生活。不僅小朋友愛聽，連很多大人也會駐足聆聽。

這天要說的故事，是發生在光緒十八年[151]的「王阿舍殺妻」。

王阿舍是水返腳[152]茶商「溪源號」的第二代經營人，家道因其父開設「溪源號」而殷實。由於王阿舍少年時曾在香港住過一段時間，受到西方文化影響，回台灣後也總是全身西服西帽的洋派頭，在地方上頗為特殊。而王阿舍的妻子名喚蘭妹，因為她貌美如花，也時常是眾人注意的焦點。

起初，王阿舍還因夫妻倆都是地方名人頗為得意，但後來情況有了變化。

有一天，王阿舍提早結束了在茶行的工作，還不到未時[153]就返家，想給應該在睡午覺的妻子一個驚喜。沒想到在屋外竟然聽到了男女戲謔的聲音，王阿舍從窗邊偷看，妻子竟然和隔壁中藥商的吳少爺勾搭上，在房內打情罵俏。

之後，王阿舍又偷偷觀察了兩天，原來蘭妹利用每天午時[154]到未時睡午覺的時間，屏開隨侍在側的丫頭，打開後門讓吳少爺進來，兩人暗通款曲。

王阿舍被戴了頂大綠帽，心中很是鬱悶。他心想，妻子是萬不能留了，但是只休妻又不甘心，而且還會讓家名聲譽掃地。

他決心要報仇，不僅要一石二鳥，還不讓家醜外揚。

動手的那一天，王阿舍一早就告訴妻子及家僕，今天要進台北城，還要去大稻埕和艋舺拜訪客戶並採買，會很晚才回家。

不過，當天午時一過，王阿舍就偷偷返家，來到後門敲門，妻子蘭妹以為是姘頭到了，嬌滴滴地前來應門：「今天怎麼這麼猴急啊！」

她開門後發現站在屋外的是王阿舍，還驚訝地說不出話時，就被王阿舍摀住嘴，並用繩子勒住她的頸部，沒多久後就斷了氣，事後王阿舍則快速逃逸。

原本要前來會情人的吳少爺，來到王家後門，看門板並未掩上，直接入了屋內，沒想到竟見到蘭妹死在床上，大驚失色，連忙想要逃離現場。但因為過於驚慌，碰倒了陳設在桌上的花瓶，引發巨大聲響。丫頭聽到聲音趕了過來，撞見正想逃跑的吳少爺，這下子他跳到黃河也洗不清，立刻被聞聲前來的王家家僕逮住，扭送衙門。

當時水返腳為基隆廳[155]管轄，王阿舍告上衙門，稱吳少爺潛入住宅想要非禮妻子，但因妻子不從憤而行兇殺人。

吳少爺在公堂上，矢口否認行兇，即便數次用刑也否認到底。基隆廳通判原本因強姦殺人惡性重大，已擬判斬立決[156]。但吳家畢竟也是地方豪族，傾全家之力一再上書要求平反，並狀告台北府[157]，稱通判「以刑逼供」。導致台北知府下令要求基隆廳重審此案。

由於吳少爺在供詞中曾說過，在進入王家後門前，曾遠遠瞥見形似王阿舍的一人悄悄離去，懷疑是王阿舍得知妻子紅杏出牆後殺人嫁禍。起初基隆廳通判對此供不予理會，認為僅是吳少爺開脫之詞。如今知府要求重審，只好從此線索另啟調查。

王阿舍對此則提出完美的不在場證明，稱當天上午辰時[158]他就出發去台北，到晚間戌時[159]才返家，若有懷疑可以詢問大稻埕與艋舺的數間茶行、商行。

因為證人皆在淡水縣地界，基隆廳便行文照會淡水縣衙門協助調查，身為淡水縣快班總頭[160]的李福虎自然要負責處理。

李福虎調查後得知，當天上午王阿舍確實出現在大稻埕的四間茶行，下午則到艋舺的三間商行採辦貨品，均有數人作證。

由於水返腳至台北，往返至少需要三個時辰，理論上王阿舍不可能早上在大稻埕，中午回到水返腳殺人，下午又出現在艋舺。

但李福虎想到，才剛開通不久，由台北至基隆的鐵路火輪車，其間有在水返腳設站，如果王阿舍利用火輪車作為交通工具往返，實際上是有可能在中午前由台北回家行兇，之後又搭車逃離水返腳前往台北。

不過，王阿舍供稱，案發當天中午，他人就在台北城內閒逛，因為他總是身著洋服洋帽，很是特殊，相信城內有很多店家都看過他。甚至他還說，曾經在淡水縣衙門外駐足一陣子，轅門上站崗的衙役一定也對他有印象。

李福虎一查之下，確實城內很多商家在當天中午都看到一個身著洋服洋帽的人在街上閒晃，縣衙的衙役也指稱曾看過這麼一號人物。

但李福虎仍然覺得不對勁，因為所有自稱在中午看過王阿舍的證人，其實都沒人真正認識他，當天也沒有實際跟他說過話。李福虎認為，大家並不是對王阿舍本人有印象，只是對模樣奇特的洋人服裝有印象罷了。

果然，最後真相大白。

原本在東門[161]一帶行乞的乞丐「空仔」最近好像發了一筆財，有人發現他竟然有錢去妓院「開查某」。李福虎平時在各地均布有線民，此消息也落入耳中，他懷疑「空仔」的錢是不義之財，於是便派人將「空仔」帶回衙門問話。

平時哪敢和官爺回話的「空仔」，看到傳說中的「虎頭」站在面前，身旁的捕快個個是彪形大漢，不用嚴刑拷打，便嚇到說出實情。

原來王阿舍在案發前一天找上他，拿來一套洋人服裝，要他隔天中午穿上後，在台北城內四處閒晃，並到縣衙門前駐足，引起眾人目光。王阿舍還提醒他，千萬不能開口和人說話。王阿舍事前給了他五兩銀子作為前金，事後又再奉上十兩作為後禮。

最終，因為「空仔」的指證，讓案情翻轉。王阿舍因為殺妻被判斬；而吳少爺雖然洗刷了殺人罪嫌，但也因為承認與蘭妹的姦情，被處以杖刑。不過，總算撿回一命。

列車啟動發出的聲響和震動，驚醒了正在打盹的李山海。

原來是在作夢啊！李山海覺得自己好像睡了很久。

這時他突然意識到自己是在往淡水的列車上，趕緊看一眼窗外，列車正好停靠在某個車站，準備發動離站。

列車緩緩開動，李山海看到月台上的車站告示牌，顯示著是「竹圍」[162]站，不禁鬆了一口氣，因為還要再一站才會抵達終點「淡水」[163]站。

果然今天還是喝太多了。

從「雙連」站坐上返回淡水的列車後，李山海不自覺地睡著，而且還夢到兒時聽父親講述故事的場景。

為什麼會夢到「王阿舍殺妻」這個故事呢？這個故事在父親處理的眾多案子中，稱不上是最精采的。

大概是故事裡有出現鐵道這個元素吧！

李山海心想，大概是因為自己最近被發生在兩條不同路線列車上的命案搞得焦頭爛額，才會連作夢都會夢到和鐵道相關的故事。不禁露出苦笑。

不過，「王阿舍殺妻」與自己處理的這件案子，除了都有鐵道元素外，好像其他地方完全不像。

這時，列車已開出「竹圍」站，行駛在暗夜中。

當李山海還在想著剛剛的夢時，忽然發現自己搭乘的這班列車有些不對勁。

淡水線的列車是李山海每天通勤的交通工具，沿線風景自然瞭若指掌，如今窗外雖然一片漆黑，但大致輪廓還是清楚的。

窗外的景色還是很熟悉，是淡水線的風景沒錯，但他就是覺得哪裡有問題。

此時，列車正駛進隧道中……

不對啊！

「竹圍」往「淡水」的途中怎麼會有隧道？

淡水線上唯一的隧道是在「江頭」[164]和「竹圍」之間才對吧。

淡水線路線圖

台北→大正街→雙連→圓山→宮之下→士林→唭里岸→北投→江頭→竹圍→淡水

啊！

李山海這才想通……

他睡過頭了。

李山海搭乘由「台北」往「淡水」的那班列車早就抵達「淡水」站，但是他因為不勝酒力在車上睡著，並未下車。

由於這班車搭的是「汽油車」[165]，而非蒸汽火車，是兩頭都有駕駛座位，無論頭尾車廂皆能當作車頭的列車。這班原本由「台北」往「淡水」的下行列車，在抵達「淡水」站，稍事等待後，便直接改作為下一班由「淡水」往「台北」上行列車。

所以李山海覺得自己在車上睡很久的印象是正確的，因為他睡著的時間長到列車已經抵達終點「淡水」站，又改作為下一班反向的列車。

列車到終點站時，其他人看到我還在車上睡覺大概覺得很好笑吧！

一想到此，李山海就覺得很不好意思。

他彷彿想要逃離這個令人尷尬的場域，趕緊站起身來走向車門邊，欲在列車一抵達下一站「江頭」站時便立刻下車。

就在走往車門邊的途中，李山海腦中閃過一個念頭。

列車往返……

啊！原來如此！

十四、鎖定嫌疑犯

由於昨晚在列車上睡過頭得到的啟發，讓原本陷入迷霧的李山海，此刻彷彿雲開見月般，案件似乎有了轉機。

李山海重新審視陳金水一案的細節，屍體被發現的時間為當晚十一點四十二分，鑑識死亡時間不超過兩小時，也就是說被害人理論上最早的可能遇害時間為晚間九點四十二分。

不過，因為發現地點是在從「郡役所前」開往「萬華」的新店線末班車，而且沒人看到死者是被搬運上車。所以警方偵辦過程中，先入為主認為陳金水是自行上了末班車後，喝下兇手贈與的毒酒才身亡，死亡時間一定是在末班車發車後，也就是十一點十五分之後。

加上根據同車乘客的證詞，列車經過「景尾」站後確定沒見到死者上車，於是警方又進一步將死亡時間縮小在十一點十五分到十一點三十分間。而且將兇手可能與陳金水碰面贈送毒酒的地點，局限在「大坪林」、「七張」、「新店」、「郡役所前」一站等新店地區的車站附近。

經過昨天在列車上睡過頭的經驗，李山海認為，上述這些推定，很可能全部都要打破，因為警方一開始就弄錯了。

有別於縱貫線、宜蘭線、台中線、台東線、淡水線、溪洲線等鐵道部管理的官營鐵道路線。新店線屬於私營的台北鐵道株式會社所有，是大台北地區唯一的私鐵路線，其事務所便坐落於萬華站對面。

一大早，李山海就趕赴北鐵的事務所，想要弄清楚新店線的列車運行模式，以確定他的推論是否正確。

果然如李山海所料，北鐵表示，晚間十一點十五分發，由「郡役所前」開往「萬華」的末班上行列車，其實就是由「萬華」發的前一班下行列車所改。該班車十點四十分由「萬華」出發，十一點零五分抵達終點站「郡役所前」，十分鐘後直接作為上行的末班車反向使用。

而當天這班「萬華」發的下行列車，也正是載了由台灣拓殖會社從滿洲、朝鮮邀請前來的顧問代表團一行約三十人，讓「郡役所前」站忙碌不已的那班車。

這樣一切都解釋得通了……

之所以開往「萬華」的末班車上沒人見到陳金水何時上車，是因為他本來就一直在車上，只是坐在車廂的最末一端沒人注意。陳金水搭的應該是十點四十分從

「萬華」開往新店方向的下行列車，他原本應該是要搭到「公學校前」站，由此站下車後，再步行返家。

但因為他在車上喝了摻有氰化鉀的清酒身亡，死後屍體一路被列車載到終點站「郡役所前」。而該班車到了「郡役所前」站後，因為站務員、列車駕駛都忙著接待正要下車的顧問團賓客，無暇顧及其他乘客，沒人注意到他還在車上。

這班列車之後又馬上改作為反向的末班車開往「萬華」，由於正要下車的顧問團因為人數、行李眾多，下車時間拖延，導致當時車廂內紛亂不堪，新上車的零星乘客也沒注意坐在車廂角落的陳金水屍體。直到這班末班車到達「萬華」站後當天不再使用，才被巡視的駕駛發現。

如果確實如此的話，原本警方認定的陳金水死亡時間，與嫌犯的不在場證明時間、地點都不對了，必須要重新調整過。

陳金水正確的死亡時間，應為十點四十分之後，這是前一班萬華開往新店方向列車的發車時間，他在該班車上喝了毒酒不久後死亡。而兇手應該是在這個時間點之前，在萬華站或附近與陳金水碰面。

離開北鐵事務所，李山海走向鄰近的萬華站，這裡是發現陳金水屍體的地方。他走進車站大廳，坐在車站專為候車乘客設置的長椅上思考著案情。

李山海推測，陳金水受主嫌所託，於七點二十二分由台北發車的「五三」號南下臥鋪列車上殺害了藤島，得手之後從下一站下車，又搭乘縱貫線上的某班北上列車返回萬華站。

他看了一下車站大廳的公布的時刻表，陳金水在「五三」號臥鋪車上殺害藤島的時間是七點半到八點十分間，而這班列車於八點十五分到達桃園站，陳金水應該就是在桃園下車。

李山海轉去看北上的時刻表，發現由桃園往台北最近的一班車要等到九點五十分，陳金水可能搭乘這班車北返，抵達萬華站的時間是十點二十八分。

李山海重新釐清「球見會」成員在十點二十八分到十點四十分前的不在場證明，一一將其列在筆記本上：

野塚尚　自稱十一點離開咖啡廳　無人作證
鹿沼雄介　列車服務員作證　搭乘十點三十分由台北開出的南下列車
正木勇次　同袍作證　十點三十分回到營區，並未再出門
渡邊大陸　隊友教練作證　當天至少在晚間十點前都在高雄下榻旅館
小林雅和　同學作證　十點四十分前回到宿舍，並未再出門

無人可以作證的咖啡廳老闆野塚，依然沒有不在場證明；而陸軍少佐正木已於十點三十分回到營區，不在場證明可成立；同樣地，大學生小林於十點四十分前就回到宿舍，也應該有不在場證明；大城戶商事的鹿沼搭乘十點三十分由台北發車的南下臥鋪列車，此點依然沒變；身為台北交通團選手的渡邊更不用說，人在晚間十點前確定還在高雄，根本不可能在四十分鐘內趕到萬華。

乍看之下，即便更改過陳金水死亡時間，以及與兇手碰面的地點後，關於眾人的不在場證明似乎沒有變化，但李山海卻發現其中一人涉有重嫌。

那就是鹿沼雄介。

而鹿沼搭乘十點三十分由台北開出的「急3」號南下列車，因也行駛在縱貫線上，理論上在十點四十分之前，這班車一定會行經萬華站。這樣的話不是就可以與正在萬華站等待，且隨後打算要搭乘新店線返家的陳金水碰面。如此剛好的時間點，讓他不禁對鹿沼所持有的不在場證明大感懷疑。

幾天前高雄署刑警石上寄來的信曾提到，他認為縱貫線與北鐵新店線在同一晚相繼發生命案，兩條線交會的萬華站有可能是此案重點。李山海對此看法也深以為然，照現在情勢看來也確實很有可能如此。

雖然列車時刻表上，明白寫著鹿沼搭乘的「急3」號臥鋪列車沒有在萬華站停靠。不過，李山海此刻覺得自己信心十足，這個推論應該大致上沒有錯。

因為他知道，有時好像也會出現時刻表上沒出現，但還是有列車靠站的狀況。比如列車要待避會車，或者是車頭要加煤加水，還有補給品要送上車等情況。時刻表上沒列，只代表這站不提供乘客上下車，不代表列車一定不停。

李山海打從心裡認定這班車一定有在萬華停靠，反正現在人剛好就在萬華站，便直接找上站長問個明白。

「十點三十分從台北發的南下臥鋪列車？」站長聽到李山海的問題，第一時間還沒弄明白。

「對，我想知道這班車實際上會不會在萬華停靠？比如需要補給之類。」

站長想了想，「啊！你說的是每天晚間九點四十五分從基隆始發，十點三十分經台北的『急3』號吧？」

「沒錯，就是那班車。」

「那班車沒有在萬華停靠，直接過站不停喔。」站長斬釘截鐵地說。

「這樣啊……」原本信心十足的李山海，突然像洩了氣的皮球。

如果那班車沒有在萬華停車，無論如何鹿沼是無法在當晚與陳金水碰頭的，兩人最多只能在列車經過萬華站時，隔著車窗遙望。

李山海向站長點了點頭道謝，轉身離開車站大廳。他沮喪的身影落在站長眼中，卻讓站長想起某件事，連忙呼喚叫住他。

「刑警先生！請等一下。」

「怎麼了嗎？」李山海回頭問道。

「我剛剛說那班車沒在萬華站停靠，說的是平常情況。」

「平常情況？意思是說會有例外囉？」李山海的希望又被撩撥起來。

「是的，因為有時官方會有特殊指示，行車就不一定會照時刻表運行。」

「官方指的是鐵道部？」

「對，是鐵道部，或者是更高一級的交通局，甚至是總督府。」

「這樣的情況很常見嗎？」

「這種情況確實很少見……」接著站長說出讓李山海精神大振的一句話：

「但前幾天就發生過一回。」

李山海聽了後大喜過望，忍不住馬上問道：「是十月三十一日嗎？」

「沒錯，你知道得很清楚嘛！」

那班車果然和李山海猜測的一樣，有在萬華停靠。

「為什麼那班車會在萬華停靠呢？」雖然已知該列車有在萬華停車，但李山海還是很想知道原因，難道真的是因為鹿沼的關係。他竟然在台灣有如此呼風喚雨的能力，憑一己之力就能要求鐵道部或總督府下命令讓列車臨時停車？

「因為那班車上載著總督府的一團賓客，據說是從滿洲、朝鮮邀請前來的拓殖會社顧問團。」

「咦？」李山海心想，怎麼又是這個團體？

「這團賓客當天晚間從基隆下船便直接搭『急3』號來台北，『急3』號特別為他們加掛一節專屬車廂。不過，因為他們當晚要下榻位於新店碧潭旁的旅館，所以沒有在台北站下車，而是要在萬華站轉搭新店線列車。因此鐵道部還特地為了他們，讓那班列車於萬華站停靠。」

站長強調，「那班列車到達萬華站時，是停靠在二號月台，而新店線的月台則是三號月台，這兩個月台的乘客要轉乘很方便，不須跨越鐵道。他們搭乘的專屬車廂也是在萬華停靠時卸除的。」

站長看自己的證詞似乎解決了刑警的問題，越說越熱心，還帶著李山海通過檢票口進入月台，實地查看現場。

萬華車站共有三個月台，第一月台緊鄰車站大廳，通過檢票口便可到達，這個月台是縱貫線北上列車停靠的月台。

第一月台有天橋可連接第二、第三月台，而這兩個月台其實是位於同一個島式月台[166]的兩側。其中第二月台是縱貫線南下列車停靠的月台；第三月台則是新店線的專屬月台，這兩個月台就在不須跨越鐵道的正對面。

李山海站在月台上，心裡默默推想，當天陳金水應該就是在二號月台等待鹿沼搭乘的「急3」號到達。列車停靠後，因為拓殖會社顧問團要下車轉乘，且還要卸除專屬車廂的關係，列車至少要停個好幾分鐘。與此同時，臥鋪列車與月台應該也因為人潮的關係呈現一片混亂。

鹿沼趁這個機會到月台與陳金水碰面，拿了約定好的五百元酬金及摻了氰化鉀的清酒給陳。當時「急3」號的車廂服務員還在一個一個包廂幫忙鋪床，一定沒看到鹿沼在這時下車和人會面。而月台上突然湧入顧問團一行人，加上眾人大包小包的行李，大概也沒人會留意鹿沼與陳這兩人在做什麼。

總算突破時刻表的盲點，這代表鹿沼的不在場證明已經破除！

李山海很興奮，但還是有一個疑問：

為什麼拓殖會社顧問團會一再出現於鹿沼與陳金水的身邊？

鐵道部為這團人在臥鋪列車加掛車廂、臨時於萬華停車，讓鹿沼與陳金水在萬華站月台呈現混亂時碰面。顧問團還特別搭乘新店線於「郡役所前」站下車，導致北鐵員工無暇注意到車上有陳金水屍體。難道這一切都只是巧合嗎？

關於拓殖會社顧問團總是出現在此案關鍵點的疑問，李山海很想知道答案，他自萬華站離開後，隨即到位於榮町的台灣拓殖會社詢問。

拓殖會社承辦此項業務的人員見到刑警前來詢問此事，雖然很有禮貌地接待，但因為可能事關機密問題，不敢貿然回答。經請示上級獲得許可後，才願意回覆李山海的疑問。

承辦人員表示，這個顧問團與帝國南進政策[167]有關。由於上個月陸軍在支那戰場的廣州戰役[168]獲勝後，已經鎖定下個目標海南島。台灣拓殖會社接受戰時大本營[169]及總督府指示，將在海南島陷落後，立刻於當地進行拓殖開發。

而這團來自滿洲和朝鮮共三十二人的顧問團，就是台灣拓殖會社為了配合國策，即將於海南島拓展新事業所聘請的先遣團隊。他們在海南島陷落前會先待在廣州考察。而前往廣州之前，則會在台灣停留數天，與台拓的人員會合。不過，一行人已經在前天中午從高雄搭船出發了。

他找出行程表後繼續指出，這一顧問團是搭乘十月二十八日自大連啟航的日本郵船會社[170]輪船「門司丸」，十月三十一日晚間八點多抵達基隆港，隨後搭乘當晚九點四十五分於基隆發車的「急3」號臥鋪列車南下。

為了此團貴客，台灣拓殖會社特別要求鐵道部在臥鋪列車加掛專屬車廂，並臨時停靠在萬華站，以便轉搭十點四十分由「萬華」開往「郡役所前」的北鐵新店線列車。

對於國策部分，李山海當然沒有置喙的餘地，他關心的是為什麼顧問團抵達台灣那天，會指定搭乘那兩班列車？還有為什麼到基隆港已經那麼晚，卻還要特地住到新店，而非就近在基隆或台北住宿？

承辦人員不好意思地回應，指稱雖然台灣拓殖會社負責顧問團此行一切事務，但其實關於他們在台期間的交通住宿等枝微末節，並沒有實際經手，而是轉包給專門負責旅行業務的會社處理。

李山海追問：「是哪間會社負責呢？」

承辦人員雖然不知道刑警為何想知道這麼細節的事項，但還是據實以告：「是台拓的股東大城戶商事的子公司，專營旅行業務的南國商會負責。」

李山海想起，兩年前才成立的台灣拓殖會社，是由總督府與多家民間大型會社共同出資成立，其中大城戶商事確實就是大股東之一。

承辦人員還告知，南國商會的負責人曾向他說過，此次顧問團的交通、住宿等細節，其實都是大城戶商事台灣支局長辦公室直接交辦，他們只是執行而已。

據說是支局長鹿沼想讓顧問團能在隔天一早起來，就看到碧潭的風光，並參觀剛啟用不久的碧橋[171]，所以在抵台當晚就先連夜趕赴新店住宿。

果然如此……

鹿沼為了讓自己既有不在場證明，又能和陳金水在萬華站月台碰面，特別安排了拓殖會社顧問團搭乘他本人乘坐的「急3」號南下臥鋪列車，並臨時停靠萬華站轉乘新店線。此舉還能讓萬華站的二、三號月台，在他與陳金水會面時呈現混亂狀態，以避免被人注意。

此外，他又安排顧問團搭乘和陳金水返家時相同的十點四十分發新店線列車，導致列車抵達終點站後，工作人員因為要接待顧問團，而無暇顧及已死在車廂裡的陳金水，讓陳金水的屍體又原車返回萬華站，最終導致警方對於死亡時間及地點研判錯誤。

謎底似乎已經解開了。

十五、新聞寫真展

李山海已經推理出鹿沼整套的殺人手法，回到警署後立刻向中尾刑事課長報告，搭檔北澤也在一旁聆聽。

簡單來說這整起案件就是：

鹿沼因故想要除掉藤島，為此他找上與藤島有嫌隙的陳金水，以五百元為酬金，想要藉陳的手來殺人。而陳金水殺了藤島後，鹿沼又想要封住陳的口，再將他毒殺在新店線列車裡。

接著李山海再將自己分析出的案件詳情，與鹿沼如何製造不在場證明，向長官與同事加以說明。

課長聽完李山海的推理後，低著頭靜默不語，似乎在思考什麼。

先開口發問的是北澤：「那麼嘉義站那名花三個多小時等轉車的可疑男子呢？」

李山海坦承，他的推理中並不包括那名男子。關於此點，可能還要靠高雄署費心調查。不過，他有自信自己的推理距離真相已經很接近，至少可以確認鹿沼就是整起事件的主使者。

中尾課長仍然沒有答話，李山海以為是自己的推理哪邊還有漏洞，便徵詢長官意見：「課長認為我的推理有問題嗎？」

「不，你的推理很不錯。只是我們要憑什麼去抓人？」

李山海似乎會意過來，課長指的是他的推理沒有證據，一個案件的破案要素：人證、物證、自白，警方一樣都沒有掌握到。課長在思考的應是如何在沒有證據的情況下繼續辦這個案子。

其實過去沒有證據，只憑推理就抓人的案例也是常有的事。因為只要把人帶進警局，警察總能「想辦法」讓嫌犯認罪，取得自白。但是中尾課長很清楚，如此的模式可不能適用於像鹿沼這樣身分的人。

對於鹿沼這樣的總督府紅人，沒有確切的證據，根本動不了他。而且一個弄不好，警方很有可能會被倒打一耙，從署長到整個刑事課都會遭殃。

同時還有一個問題沒解決，那就是鹿沼殺人的動機。如果說殺害陳金水是為了滅口，那麼他指使陳金水去殺藤島又是為了什麼？

先前鹿沼與渡邊兩人，之所以會被認為具有殺害藤島的動機，是因為他們與藤島同時都在爭奪野球選手大下弘進入母校。但自從與鹿沼碰過面後，他那番對野球義正詞嚴的態度，讓李山海認定他絕不會因此理由而殺人。

如果不是為了招攬選手而引發殺機，那麼還有什麼理由？

由於已經被鎖定為嫌疑犯的鹿沼，在政商兩界都具有雄厚實力。因此，南署目前制定的策略是，在沒有十足把握之前不要再去招惹他，免得打草驚蛇。而下次再站在鹿沼面前時，一定要能讓他心服口服地認罪。

在證據難以取得的此時，李山海認為只能從動機方面著手。

若鹿沼的殺機不是與爭奪選手有關，似乎只剩下大城戶商事與藤島興業之間的商業往來。根據調查，這兩間會社過去在商場上有許多連結。身為大型會社的大城戶商事，常常將金額較小的總督府採購案，轉包給藤島興業。

難道是兩人為了採購案發生齟齬？李山海覺得為了了解真相，必須要走訪一下藤島興業。

藤島興業的辦公室位於西門町的邊緣，接近與新起町[172]的交界處，就在俗稱「八角堂」的西門市場[173]後方，是一棟兩層樓的建築，離南署不遠。

李山海在下班時間前造訪，一名姓大塚的秘書前來招呼。藤島興業由於負責人身亡，正在進行結束營業的善後工作，整間公司顯得雜亂無章。

李山海向大塚說道：「不好意思，在你們忙碌的時候造訪。」

大塚則對李山海的到來表示不解。「之前不是已經有警察來過了，請問還有什麼問題嗎？」

「我想知道藤島興業與大城戸之間的關係。」李山海說出來意。

「這部分已經和上次來的警察說過了。」大塚顯得有些不耐煩。

「我知道，但可以麻煩你再詳細說明一次嗎？」

「好吧。」大塚雖然有些無奈，但還是滿足李山海的要求，予以回覆。

「如你所見，藤島興業並不是一個很大的會社。老實說，這幾年能夠持續營運，很大的程度就是仰仗大城戸商事的奧援。」

「聽說大城戸商事分包、轉包很多總督府的採購案給你們。」

「沒錯，因為藤島社長和大城戸的鹿沼支局長是俱樂部的朋友，所以鹿沼先生在生意上也非常幫忙藤島興業。」

「你們社長有因為業務上的事和大城戸方面起過爭執嗎？」李山海問道。

「我所知的部分是沒有，但如果有的話一定也是我們社長自己的問題。」

「咦？」李山海沒想到大塚秘書會如此說。

大塚看了看四周，確認沒有其他同事注意這裡後，才對李山海說：「身為已死去社長的秘書，在他死後評論雖然有些不厚道，但往後我們不再有任何關係，所以我還是想說出我內心的想法……」

接著大塚談及他認識的藤島：「社長是個相當自負的人，他認為自己出身名校慶應大學，獨身一人來台灣白手起家，是社會的頂尖人士，對誰都看不起，包括鹿沼先生。」

「為什麼？鹿沼不也是六大學出身的嗎？」李山海反問。

「沒錯，但他就是認為鹿沼出身的立教大學不能跟他的母校比。而且他常常抱怨，說鹿沼只是運氣好進到大公司，才一下飛黃騰達。

「不過，就我這幾年從旁觀察，鹿沼先生雖然是大會社負責人，但行為舉止謙虛有禮、品格高尚。不僅對朋友沒有話說，連對我們這種小角色都很客氣。而且他工作能力和學識涵養更是一流，能在大城戶當上台灣地區負責人絕對不只是運氣而已。」

「反觀我們的藤島社長，為人刻薄、小心眼，常搞小手段，還見不得人好，在業界樹立不少敵人，也導致公司營運越來越糟。儘管如此，鹿沼先生還是因為兩人同在『球見會』的關係，常常給予社長協助。」

「最近你們社長有沒有奇怪的舉動，特別是和鹿沼有關的事。」李山海聽大塚秘書願意敞開來說，便直接詢問核心。

大塚秘書想了一下，回道：「如果要說的話，之前因為社長想要拿一個總督府的文具採購案，但又不希望每次都要自己拉下臉找鹿沼先生幫忙，便在內部會議上大發牢騷。」

大塚繼續說：「社長問大家有沒有辦法可以讓大城戶以後主動把案子送過

來，而非他一直去拜託鹿沼。與會的同事都覺得社長這種想法很可笑。」

李山海也覺得藤島的心態既矛盾又可悲，但他更想知道後續，便問道：「之後呢？有再發生什麼事嗎？」

大塚秘書翻了一下桌曆，「應該是上週一吧，那天社長上午在開會時抱怨這件事，下午他就說心情不好想出去走走，結果他回來後心情大轉變，直說『以後都沒問題了』，像是彩券中獎一樣開心。」

「以後都沒問題了？」李山海覺得這句話大有玄機，或許和案件有關，便追問：「這是什麼意思？」

「我不知道，他沒多說什麼，只說以後不用再看人臉色了。我猜是他找到什麼生意上的門路，以後不用再靠鹿沼先生吧。」

李山海認為藤島會這樣說，應該是當天外出時忽然遇到了誰，或碰到什麼事情，因此詢問大塚：「他那天有說要去哪裡嗎？」

「他離開辦公室前，說想去看『臺灣日日新報社』[174]的『創刊四十週年新聞寫真展』，但我不知道他有沒有真的去看。」

台灣發行量最多、影響力最大的《臺灣日日新報》，今年適逢創刊四十週年，在報社三樓藝文講堂舉辦新聞寫真展。由於報社位置就在台北南署的附近，所以這個展覽李山海也知道。

李山海離開藤島興業，準備到「臺灣日日新報社」。行經西門市場外的圓環平交道時，縱貫線的列車正準備緩緩駛過。

在等待平交道柵欄升起的時候，他腦中想著大塚對鹿沼的評語：「行為舉止謙虛有禮、品格高尚。」類似的看法也曾從大城戶商事的林秘書口中說過，他說鹿沼：「無論做生意還是做人處事，絕對是第一流的人品。」就連俱樂部負責人、咖啡廳老闆野塚也曾說鹿沼：「無論對什麼人都很好。」

這樣人人都稱讚，就連自己親眼見過，也認為應是個「好人」的鹿沼雄介，有可能犯下殺人罪行嗎？難道他還有不為眾人所知的一面？還是真有非要置人於死地的理由？

李山海通過平交道，「臺灣日日新報總社」就在面前。他走進報社大門，上了樓梯到三樓，「創刊四十週年新聞寫真展」的會場就在左手邊的大禮堂，展出歷年來經典照片超過三百幅，按照年度分類，從明治三十一年[175]至今。據說裡面展出的寫真有不少是過去礙於篇幅，未曾刊登在報上的照片。

寫真展開放給一般大眾免費入場，會場入口並沒有設置專門的招待，但還是有一個服務人員在會場內巡視，並作為參觀者的諮詢對象。

李山海找上服務人員，詢問上週一他是否也在現場服務，得到肯定的答案後，便拿出藤島的照片給他看，想知道他是否對這個人有印象。

服務人員想一下後，像是想起來，「啊！就是在會場突然哈哈大笑的那個人。」

「確定是他嗎？」

「應該沒錯，那時候是上班時間，會場內沒幾個人，我印象很深。」

在會場突然大笑！看來關鍵點果然在這裡，李山海趕緊追問：「他那個時候在做什麼？旁邊有沒有別人？」

「沒有，他是自己一個人來看展。因為他笑聲很大，所以我還特地繞過去看了一下，他身旁沒有別人，正在欣賞的那個區域也沒有會令人發笑的照片，我想大概是他忽然想到什麼笑話吧。」

「他那時正在看什麼照片？」

「我沒特別注意他看哪張照片，但我記得他是站在大正四、五年[176]那區附近。」說著邊用手指。

李山海連忙去尋找大正四、五年附近的照片，他直覺藤島可能是看到了某張特殊的照片，才會有異樣的反應。

新聞寫真展是依照年度擺放照片，由於每年重要事件多寡不一，李山海發現，有的年度照片很多，有的年度則是簡單一兩張帶過。

而大正四年的照片很多。

因為那年有「西來庵事件」……

李山海第一個想到的是：陳金水就是西來庵事件的遺屬啊！

有關西來庵事件的照片，李山海打算全都仔細觀看，希望能看出些蛛絲馬跡。

第一張照片是台南西來庵的外觀照片，照片下方則有此次事件的簡介：

大正四年七月，土匪頭目余清芳、江定等人，藉由台南西來庵的五福王爺廟掩護，以布教活動蠱惑民眾，製造動亂，襲殺內地警察、眷屬，並招集匪眾數千人與軍隊對峙。八月，台南守備隊平定亂事，逮捕參與起事者一千餘人，其中包括余清芳等八百餘人遭判死刑。大正五年，因天皇繼位恩赦，四分之三死刑犯減刑為無期徒刑。

李山海繼續看下去，接著的照片有主事者余清芳、江定、羅俊等人被捕後的個人照，另外還有在戰火中遭到焚毀的南庄派出所、竹圍庄，以及數張位於主戰場噍吧哖[177]的照片。不過，這些照片應該不會引起藤島的興趣才對。

關於西來庵事件的照片很多，包括有匪徒留置所、西來庵內部，以及討伐搜查隊集結的噍吧哖公學校[178]、內地人避難的製糖會社工場、事件參與者被逮捕帶往審判路上等照片。

其中最吸引李山海注意的兩張照片，一張是「匪首」余清芳用來號召民眾的「檄文」《大元帥余告示文》。另一張則是西來庵事件中，參與者使用的武器，這些武器均是宋江陣[179]中的刀叉斧戟等古代傳統兵刃。

為什麼會這麼傻呢？

這不就是另一個義和團事件嗎？

由於怪力亂神者帶頭製造出這個事端，導致後來當地遭到軍隊毀滅性屠戮，值得嗎？不過，李山海相信當年會有那麼多人參與，除了被宗教蠱惑，一定還有其他原因。

也許是不堪被壓迫，也許是想要自己當家作主，也許只是單純想擺脫日本統治回到過去時光，也許每個參與的人都有各自不同的原因。

也許有更多的也許……

李山海就這樣一張張照片仔細端詳，直到站在一幅寫真面前，他傻住了……

那是一張死刑犯們在台南刑務所被處決後，其骨灰交由遺屬領回時的照片。遺屬們站成一排，每個人都捧著一個骨灰罈，骨灰罈上則有死刑犯的姓名。

照片中排在第二位的少年，在整排前來領取骨灰的家屬中是最年輕的，大概不超過十五歲，非常顯眼。

他捧著標記為「陳耀祖」的骨灰罈，那張臉孔是如此的熟悉。

是他嗎？

是他吧……

十六、在嘉義等車的男人

就當李山海突破鹿沼的不在場證明時，遠在台灣另一端的高雄署刑警石上也仍然持續追查藤島被殺一案的線索。

雖然稍早他已從台北南署刑警北澤的來信中得知，南署目前的偵辦方向，是認為殺害藤島的嫌犯就是在新店線末班車上身亡的陳金水。但還沒有出現真正的實質證據可供證明，也不清楚是誰指使陳金水殺人。

如果陳金水是殺害藤島的兇手，那麼當天從發現藤島屍體那班臥鋪列車下車，並於「糖鐵嘉義」站等轉車的那名神秘男子到底是誰？

案件一開始，石上就對這個人感到十分懷疑。

姑且不論這個人當天的穿著，和列車服務員看到曾和藤島一同進入包廂的男人相同，光從他的行蹤來看，就令人感到相當詭異。

為了解開這個疑惑，石上決定親自跑一趟嘉義。

石上已經年過四十歲，本來他以為自己在台灣待個幾年就會返回內地，所以遲遲沒有結婚成家的打算，沒想到一晃眼這麼多年過去了，他還在高雄當刑警，至今仍是孤家寡人。

沒有成家的好處就是工作時不用為了家庭有太多的顧忌，比如像今天這樣，為了查案出遠門，可以隨時說走就走。

這天晚間，石上離開警署後沒有回家，直接前往高雄車站搭車赴嘉義。因為位於湊町[180]的高雄警察署，其實和位於新濱町[181]的高雄車站只有三分鐘路程，當然從辦公室出發更為方便。

石上搭乘八點二十五分的「42」號北上列車，預計要過十一點才會抵達嘉義站。在將近三小時的車程裡，石上不斷思考那名神秘男子的種種舉動。

為了抽菸，石上打開窗戶，沒想到冷不防就是一陣寒風吹過。前幾天還像酷暑般的天氣，如今不到一個禮拜，夜間的氣溫便急轉直下。雖然稱不上冷，但坐在奔馳的列車中，還是能感受到些微寒意。

對於出身內地東北的石上來說，這種程度的氣溫自然算不上什麼。不過，多年下來，他就是對台灣在春秋之際這種變化無常的氣候沒辦法適應。

有別於離開高雄後，鐵道旁一派空曠的車窗景色，列車剛駛過三爺溪，就看見一根根的煙囪在夜色中隱然聳立。這裡是製糖會社的工廠，而看到糖廠的煙囪，也代表離台南站不遠了。

石上倚著開啟的車窗抽著菸，他想要藉著徐徐吹來的夜風保持清醒，以思考腦中紊亂的思緒。但即便如此，他還是始終沒想明白，在嘉義等車的那名男子在此案中究竟扮演什麼角色？

這名神秘男子在凌晨兩點三十五分從嘉義站下車，隨後一直待在大日本製糖鐵道嘉義站候車室，等待六點整始發，從嘉義開往北港的北港線首班車。

如果說在車站等轉車超過三個小時已經很匪夷所思，這名男子接下來的行動更是難以理解，他在好不容易搭上北港線的首班車後，卻僅僅過了一站便下車，且此後毫無蹤影。

沒有人會為了走路半小時不到就可抵達的路程，在深夜的車站裡等將近三個半小時的車。

他到底想要做什麼？

帶著未解的謎團，石上隨著列車駛進嘉義站的月台。

下車後，石上立刻走向站長室。出發前他已事先聯絡嘉義站，因此一進入站長室就見到站長站起來迎接，一旁還有另一名身著制服的警察。

站長和石上寒暄過後，介紹了那名穿制服的警察，他是嘉義警察署得知高雄派刑警來了解案情後，主動提供前來協助調查的當地派出所巡查。

「石上先生你好，我是嘉義署的郭，請多指教。」

「是本島人啊！太好了，我正想找個翻譯呢！」

其實在高雄從警多年的石上，也懂得一些台語，但過去在搜查經驗中，面對完全不會日語的本島人時，還是時常會有窒礙難行的感覺。

本來這次嘉義之行，因為預計要查訪的對象多為搭乘北港線首班車的乘客，而據說這些乘客多為趕早的年長本島人，他還擔心可能會有溝通的問題。好在嘉義署很貼心地派了一名本島人巡查來幫忙，讓他放心不少。

由於藤島當天搭乘的「五三」號臥鋪列車要到凌晨兩點三十五分才會到站，站長把當天的狀況再敘述一次後，眾人也沒別的事可幹。於是站長先請石上到他的休息室小憩一下，而郭巡查也在打過招呼後，先返回派出所，待臥鋪列車到站前再來車站協助調查。

凌晨兩點三十五分，「五三」號臥鋪列車開進嘉義站。石上和郭巡查站在月台上，想找在嘉義站下車的乘客訪查，希望能遇到案發當夜的目擊者。

結果這一天，嘉義站只有一名乘客自這班臥鋪列車下車，是一名身材矮胖的中年男子，石上見狀連忙上前告知來意。

這名乘客表示，他雖然常常搭乘臥鋪列車往來台北、嘉義，但並沒有搭乘十月三十一日的「五三」號列車，沒辦法幫上忙。

儘管這樣的答案並不令人意外，但石上還是有些失望。不過，接下來還有工作，他準備仿效那名神秘男子當天的行動，前往「糖鐵嘉義」站等轉車。

嘉義站是南台灣規模數一數二的大站，除了有鐵道部縱貫線經過外，還是林鐵阿里山線[182]、大日本製糖鐵道北港線、明治製糖鐵道朴子線[183]的起始站。

那名神秘男子，於十一月一日凌晨兩點三十五分自縱貫線南下的臥舖列車下車後，便通過跨越偌大嘉義站數線股道月台的天橋，走向位於後站的大日本製糖鐵道嘉義站的站房，等待北港線的首班車。

在郭巡查的帶路下，石上也走過天橋，前往大日本製糖鐵道的嘉義站。而這時石上才知道，原來糖鐵北港線的嘉義車站與縱貫線的嘉義站不在一起。

北港線的嘉義站有獨立的站房、月台，當然也有自己的站務人員。這裡的站長早知道高雄來的刑警要來查案，雖然是夜間休息時間，還是在天橋樓梯下等待石上與郭巡查到來。

大日本製糖鐵道嘉義站的站長回憶當天的情況：該名男子頭戴灰色貝雷帽，穿著黑色大衣、西服褲、皮鞋，手上則戴著白色手套。他的臉因為圍著白色圍巾的關係，看不清楚，而手上還提著一個中等大小的黑色公事包，看起來像是有錢的企業家，和一般在地乘客非常不同，相當引人注目。

這名男子自縱貫線嘉義站橫越天橋後，來到「糖鐵嘉義」站。那時因為離首班車的發車時間還要很久，並沒有其他的轉乘乘客。

由於有這麼一個特別的人坐在站房的候車室，當然引起站員的注意。站員生怕是哪個高官或是製糖會社的高層造訪，連忙前去招呼，想將男子邀請至站長室休息。但男子一聲不吭地擺了擺手，示意不必理他，自己一個人繼續在候車室閉目養神。

後來等車的人越來越多，也有其他乘客試著向他攀談，但他好像都置之不理，直到上了北港線的首班車。據說在車上也是一句話都沒說，列車開出沒多久後，他就在第一站「竹圍」站下車了。

到了凌晨四點半左右，「糖鐵嘉義」站的候車室開始出現一些準備搭乘北港線首班車的乘客。這些人全都是本島人，大多是要到北港朝天宮外做生意的小販。石上發現身在這群等車的乘客中間，身著襯衫的自己看來最為獨特，那就可想而知當天那名穿著大衣、圍巾的男子在候車室裡有多突兀。

起初，等車的乘客發現候車室裡有警察時，都不敢開口說話。但當石上透過郭巡查翻譯，開始逐一向乘客詢問關於當天是否有看到那神秘男子之後，眾人開始熱烈地討論起來，沒被問到的民眾，還主動向警察談起自己當天的見聞。

一名用大包袱裝著童玩，要到朝天宮前擺攤的小販先向石上表示，其實會搭乘北港線頭班車的幾乎都是固定的人，彼此間都已經熟識，很少會有不認識的人來搭這班車。

那小販接著用台語對著郭巡查小聲地說出他的看法：「那男的一個人坐在椅

子上，他的裝扮一看就不是在地人，反倒有點像『特高』，所以那天候車室裡大家都不敢亂講話。」

郭巡查一聽，沒好氣地訓斥他一番：「你別黑白講！『特高』會穿著看起來就像『特高』的樣子嗎？」

關於那名男子，有人說可能是市役所的官員，有人則猜是製糖會社的老闆「微服出巡」。雖然眾人意見莫衷一是，但大家都一致認為那名男子是來自上流社會，只是不知何原因那天要來搭這班列車。

雖然眾人討論踴躍，但石上並沒有得到什麼有用的資訊，因為那男人實在是太神秘，坐在候車室裡超過三小時，竟然真的完全沒講過一句話，而且似乎連站起身都不曾有過，就像是尊石像般毫無反應。

清晨五點五十分，北港線的首班車開進月台讓乘客先上車。這是只有一節車廂的汽油車，兩排面對面的長椅很快地便坐滿乘客。車內空間不大，所有乘客都是緊挨著坐，石上覺得並不舒服，但還是打算完成和那名男子一樣的行程，坐一站後從「竹圍」站下車。

十分鐘後，北港線的首發列車緩緩駛出「糖鐵嘉義」站，朝西北方向前進，終點站為「北港」站。

和台灣西部其他縱貫線鐵道經過的城市一樣，這條鐵道將嘉義市一分為二，鐵道東側為人口稠密的市區精華地段，西側則完全是田園景象，東西兩側差異極大，彷彿是完全不同的城市。

北港線列車便行駛於縱貫線西側的田野間，沿線沒有多少房舍，放眼望去皆是黃澄澄的稻穗，此時正是稻米收成的季節。朝陽灑落其上，形成一片金黃色的平原大地。

那名男子坐在這班列車上，看著這樣的美景時在想什麼呢？

列車沒多久便到北港線自「糖鐵嘉義」站出發算起的第一站「竹圍」，石上和郭巡查步出列車車廂走上月台，這一站沒有別的乘客下車。石上心想，當天那名男子從這站下車時，應該也是這個樣子吧。

「竹圍」站是個無人招呼站，那男子當天從此下車後便了無蹤跡，再也沒人看過。石上站在月台上看著列車漸行漸遠，他不知道接下來要做什麼，線索一樣斷在這裡，此次嘉義行似乎是白跑一趟。

就當石上和郭巡查正要離開月台時，一名頭戴斗笠的老翁扛著裝滿兩大籮筐蔬菜的扁擔，氣喘吁吁地走上月台，嘴裡還喃喃自語：「有夠衰，沒趕上車。」

上了月台後，老翁拿下斗笠才看到穿著警察制服的郭巡查，不好意思地說：「大人歹勢，剛剛沒看到你。」對自己沒有第一時間向警察問好表示歉意。

郭巡查隨口和老翁攀談起來：「阿伯，你每天都在這一站搭首班車嗎？」

「是啊，我每天都擔菜坐車到朝天宮賣。」

石上聽得懂老翁說的這句台語，心中燃起一絲希望，於是便想透過郭巡查詢問：「十一月一日他有看過那個男人從這站下車嗎？」

郭巡查知道和老年人講十一月一日，他一定不知道是哪一天，因此自己先在腦中將這個日期轉換成農曆。

「九月初十那天，就是重陽隔天，有在這裡看到一個穿著西裝外套、圍巾的男人從首班車下車嗎？」

「重陽隔天？我想看看。」老翁思索一番後，忽然想起什麼，「有喔，是一個很奇怪的男人，這一站平常不會有人下車的。」

「有看到他下車後往哪裡去嗎？」

「沒有，我趕著上車，沒空看他往哪邊去。」

石上聽到老翁的證詞，很失望地打算離開。沒想到老翁又自言自語起來。

「不過，那個人很冒失，不知在趕啥？走路都不看人，下車後直接朝我肩膀撞過去，好險我扁擔沒被撞掉。」

石上停下腳步，轉頭用生硬的台語回問老翁：「你有看到他的臉嗎？」

「他圍了圍巾看不到臉，不過聽聲音應該是個年輕人。」

聽聲音……所以代表那個男子有講話！石上很興奮地詢問：「他和你說了什麼？」

「他也沒講什麼，撞到我後只小聲說了一句『失禮』，然後就馬上離開了。」

用台語講「失禮」……

那個男子是本島人嗎？

十七、秀才厝

年底將至，李山海的搭檔北澤再過兩天就要返回內地老家過年放長假。北澤已經四年沒有回老家，這次長達一個多月的年假，他早早就向警署申請好。但臨行前，他卻接到中尾課長指示的一個「返鄉任務」。

北澤的老家在四國的愛媛縣松山市，課長要他在返鄉後立刻跑一趟同在四國的德島，在當地進行訪查後盡早來信報告。而那裡是鹿沼雄介的家鄉。

鹿沼雄介的本籍地：

德島縣德島市富田浦町大道三丁目

李山海與中尾課長都相信，那裡可能會有突破此次案件的關鍵線索。

另一方面，李山海則從那張照片中出現的人名「陳耀祖」，開始追查。

首先，他到高等法院查詢當年西來庵事件的死刑犯名單，果然發現其中有一名死刑犯名為「陳耀祖」。當年的判決資料簡介上寫著：

陳耀祖，明治三年生，台南廳大目降支廳新化里西堡[184]道公庄人，大正四年十月因違反《匪徒刑罰令》[185]，遭判處死刑。

接著他又調出判決書主文：

被告陳耀祖，為清國時期福建台灣省之生員，即俗稱秀才，原以漢塾教師為業。大正四年七月，應匪首余清芳之邀，允諾加入其策劃之陰謀，負責執筆撰寫《大元帥余告示文》，號召並教唆民眾作亂。依《匪徒刑罰令》第一條之一，處死刑。

原來這個陳耀祖曾經是秀才啊！李山海不禁想起在清國時期當捕頭的父親。而那個捧著骨灰罈的孩子，大概是他的兒子吧。

李山海為了弄清楚那個孩子的真實身分，決定親自跑一趟台南調查。但是他不知道那孩子原來的姓名，好在骨灰罈上標示的「陳耀祖」，提供了線索，讓他在出發前掌握了不少有用資訊。

李山海搭乘上午九點零五分從台北車站開出的「急1」號南下急行列車，於下午三點三十九分抵達台南車站，隨後立刻再轉搭北上的各停普通車，約二十分鐘後到達此行的目的地：新市站。

大正時期的大目降支廳新化里西堡，如今已經改名為新化郡新市庄。陳耀祖當時戶籍所在的道公庄，現在就隸屬於新市庄裡。

其實李山海剛剛搭乘的南下列車也有經過新市站，但因為是急行車所以沒在此站停靠，只能先坐到南邊的台南站，再搭反向的北上普通列車前往新市。

李山海先向站員詢問新市派出所的位置，隨後步出車站、跨越鐵路平交道，往北走向新市的主要街道，不久後便來到派出所。

新市派出所屬於新化郡警察課[186]管轄，李山海一進去就出示證件，表明因為案件需要，希望查詢道公庄的戶籍資料。

值班的巡查姓楊，他抬頭看了李山海一眼，有些疑惑地問：「不會是要看陳耀祖一家吧？」

李山海一聽大驚，連忙問道：「沒錯，就是他，但你怎麼會知道？」

楊巡查說：「因為上禮拜也有人來問過一樣的事。」

「是誰？」雖然李山海口中這麼問道，但他認為來查的人應該就是藤島。

楊巡查拉開值班桌抽屜，找出一張名片遞給李山海，「你看。」

名片上寫著：鐵道部運輸課　書記　渡邊大陸

竟然不是藤島慶三郎，而是渡邊大陸！

李山海感到很訝異，從口袋中拿出藤島的照片詢問：「是這個人嗎？」

楊巡查接過照片一看，很快就否認：「不是他，是個身材精壯的男子。」

身材精壯的男子……那就真的是渡邊了。

李山海拿著渡邊的名片，問道：「戶籍資料是任何人都能調閱的嗎？」

「當然不行，因為他是鐵道部職員才通融。」

楊巡查指出，那男子表明自己在鐵道部任職，因為有一名前來應徵雇員的男人，疑似冒用陳耀祖的姓名及戶籍資料，所以鐵道部才會派他前來調查。

李山海心想，這當然不是渡邊前來調查的真正理由。但無論如何，渡邊確實也知道這個秘密了，大概是藤島告訴他的吧。

這時楊巡查已經拿出道公庄的「戶口調查副簿」[187]，並翻至陳耀祖一戶那頁。果然是不久前才找過，楊巡查翻找的速度很快，一下子就找到。

李山海仔細地詳閱「戶口調查副簿」內的資料，並抄寫在筆記本上。

台南廳大目降支廳新化里西堡道公庄十四番地

戶主　陳耀祖　明治三年生　大正四年九月違反匪徒刑罰令被捕　十月死亡

長男　陳春義　明治三十五年生

「請問這個長男陳春義，現在還住在那裡嗎？」

楊巡查聽了李山海的問題，笑笑地說道：「你和那位鐵道部的書記都問一樣的問題，大家都對他很有興趣的樣子。」

對方雖然是警察，但李山海不想節外生枝，讓人生疑，看了一眼渡邊大陸的名片，便順著渡邊的謊言說道：「其實我這次來調查，也是和這位渡邊先生說的是同一件事，因為鐵道部發現那名應徵的男子冒用身分後報警，於是上級派我再來調查一次。」

楊巡查顯然相信這個說詞，不再多問此事，並回答李山海的問題：「陳春義現在並沒有住在這裡，正確來說他是失蹤人口。」

「失蹤？」

「現在那個地址並沒有住人，但也沒有接獲過陳春義的死亡通報，以及外地的轉籍、寄留[188]通知。」

楊巡查解釋，按照過往資料記載，大正四年十月的人口普查，當時陳耀祖已經死亡，但陳春義還住在該戶。不過，五年後，大正九年普查時，陳春義就已經不住在此。接下來大正十四年、昭和五年、昭和十年的普查，也沒有陳春義的紀錄。

也就是說，也許從大正四年十月普查沒多久後，陳春義就失蹤了。另外也有傳言指出，陳春義可能已經死了。

「其實啊，這個陳家在當地是很有名的喔。」楊巡查主動開啟話題。

「怎麼說？」

「因為陳耀祖在清國時期是秀才，是地方上的知名人物。」

楊巡查自己掰掰手指計算後，又說：「就算現在還活著也已經快七十歲了，不可能去應徵雇員，所以你們調查的那人一定是假冒的啦！搞不好是個通緝犯。」

李山海想知道多一點當年的事，裝作對此事毫無所悉地問道：「這個陳耀祖為什麼違反《匪徒刑罰令》被判死刑啊？」

「因為他參與西來庵事件。啊！台北的人知道西來庵事件嗎？」

「知道，可是他不就是個讀書人而已，當年有做些什麼？」

楊巡查並非當地人，雖然沒親身經歷過西來庵事件，但畢竟也在此服務近十年，對這些地方上的故事自然有所聞，「聽說他替西來庵那夥人寫一篇文章用來招募黨徒，所以就成為教唆犯，被歸類為事件主謀之一，按照當時實行的《匪徒刑罰令》是要判死刑的。」

楊巡查似乎被打開話匣子，又繼續說道：「陳耀祖在地方上流傳的事很多，我聽一些地方人士說過，因為他過去是秀才，以前大家都尊稱他『秀才爺』，很受敬重，他和兒子陳春義原本在鄉里間的人緣很不錯。

「不過，自從西來庵事件發生後，軍隊開始清鄉掃蕩，很多村庄都幾乎被滅村。庄民為了自保，特別是和陳家同為保甲的鄰居，只能主動向警方舉發陳耀祖的行為，避免受到牽連。」

「那他的兒子怎麼辦？那時候才十三歲吧。」李山海問道。

「唉，聽說那時候大家把他們父子倆當作瘟神看待，即便陳耀祖被抓後還是擔心和他兒子交流有問題，不敢有任何瓜葛。後來有些不肖之徒看準那孩子沒人可依靠，開始到他家趁火打劫，當著面入宅搜刮財物，甚至還毆打他。

「慚愧的是，據說還有派出所的不良警察也加入到搜刮的行列。」楊巡查很不好意思地說起自家人二十年前的醜事，但他不忘強調：「那個時候為了盡快弭平動盪，臨時招募了很多未經嚴格篩選的警務人員，難免良莠不齊。」

楊巡查還沒說完：「後來台南守備隊的一個小隊進駐庄內，徵用了陳家的房子作為臨時軍營，陳春義就被趕了出去，此後再也沒有人看過他。」

那個孩子當時是怎麼活過來的啊？李山海一想到此就替他感到心痛。

聽完陳家的故事後，李山海表示想去陳家的舊址看看，便準備道別，沒想到楊巡查竟然主動表示要帶路。

「聽了陳家的故事後，你一定也很同情他們吧！」

「咦？」李山海沒想到楊巡查會如此說。

「因為我也是……」楊巡查隨即說出自己的心聲。

楊巡查將值班的事務交接給同事後，便帶著李山海前往陳家。

離開新市的主要街道後，兩人走在通往道公庄的田間小路上。李山海想到一個問題，便問楊巡查：「陳家的房子還在嗎？」

「還在。」

「現在有沒有別人住進去？」

「沒有，沒人敢住那間房子。」

「為什麼？」

「因為當地傳說那間屋子鬧鬼。」

「鬧鬼？」

楊巡查解釋，陳家是一座三合院，因為出過陳耀祖這個秀才，因此當地人稱它為「秀才厝」。當年軍隊將陳春義趕走，徵用那房子約一個月後離開。之後有人偷偷進去想找有沒有留下的值錢物品，但聽這些進去過的人說，屋裡讓人感覺很不舒服，很像是有人在屋內徘徊窺伺，甚至有人繪聲繪影地說曾看到鬼。

另外，有庄民在「秀才厝」後方一棵大榕樹下的水井前，看到一雙鞋子，熟識陳家的人認出是陳春義的鞋子。

接著就有傳言說，陳春義被軍隊趕出家後，到此跳井自殺。而陳家父子倆，因為不滿在西來庵事件後遭到庄民背叛，於是陰魂不散，才會留在此處徘徊，導致「秀才厝」鬧鬼。

李山海追問：「有人勘查過那口井嗎？」

「怎麼沒有？庄民們早就探勘過，但沒發現井裡有屍首骨骸。不過，並沒有解除大家對鬧鬼的疑慮，總之這間屋子再也沒人敢使用，任其荒廢。」

說著說著，兩人已經走進道公庄，楊巡查指著稻田中央的一座三合院，稱：「那就是『秀才厝』了。」

走近後，李山海仔細端詳這座屋子，石磚砌造的圍牆已經有多處頹傾，從大門口可看見院埕內長滿了雜草。正廳屋頂已破損，屋瓦掉落不少。木門雖關上，但因為腐朽的關係彷彿隨時會被風吹開。

正廳門上貼著書寫「詩禮」、「傳家」的紅紙黑墨早已褪色。但門口上方的堂號匾額「潁川家聲」儘管斑駁，卻依舊顯眼。

李山海走進院埕，貼著正廳窗戶向內窺看，沒想到屋內的擺設意外的整齊，沒有預期中凌亂的模樣，就像是有人定期打掃般。

李山海沒有進到屋內，並不是因為怕鬼，而是他認為沒有必要，而這也是對逝者的尊重。

他心想，或許有鬧鬼的傳聞也不錯，至少沒人敢再來無端打擾。

這就是「秀才厝」，是陳耀祖的家，也是陳春義的家……

陳耀祖曾經從這裡走出去，取得了秀才的功名，可能還曾負笈渡海到大陸趕考，當時一定是地方上轟動的大事，他也是鄰里間的驕傲吧！

陳春義曾經在這裡看著父親被抓走，還遭到鄉親的背叛，無奈之下離開了這個家，他看這屋子最後一眼時，是怎麼樣的心情呢？

李山海忽然發現，陳耀祖與陳春義父子，與他和父親李福虎之間似乎有點像，卻又好像有很大的差異。

陳耀祖與李福虎都是活在舊時代，且不見容於新時代的人，可是他們兩人卻走上不同的道路。李福虎選擇向新時代妥協，隨著潮流飄灑而過；但陳耀祖依然捍衛著過往的自尊，與潮流逆向而行。

那他與陳春義這一代呢？

他遵循著父親的腳步，順應著時代，盡力扮演好自己的角色；可是陳春義呢？他又想走什麼樣的路？

「要不要去看看那口井？」楊巡查如此問道。

兩人沿著三合院外圍走，不久後來到屋後，果然在一棵大榕樹下看到那口水井，但井口已經被石板封住。

令李山海訝異的是，井前站著一名駝背的老婦人，她正雙手合十默默祝禱，不曾發現兩名警察已來到身後。

見老婦人似乎祝禱完畢，楊巡查開口向她說話：「阿水婚，妳又來囉！」老婦人聽到突然有人喊她，卻也沒被嚇到，緩緩地轉頭過來，看到是管區的楊巡查，有禮貌地回應道：「大人你來啦。」

楊巡查向李山海介紹那名老婦人，她是住在「秀才厝」附近，原本是陳家佃戶，現已經年逾七十歲的「阿水婚」。

楊巡查說，阿水婚一家世代向陳家租地務農，她本人過去和陳耀祖、陳春義父子的交情也很好。所以即使聽說「秀才厝」鬧鬼也不害怕，還是常常來此。

李山海看著這個滿頭白髮、曾經親眼見證陳家歷史的老阿婆，忍不住問她：「阿婆，你剛剛是在拜什麼呢？」

阿水婚弓著身軀，吃力地抬頭看著李山海，嘆著氣說道：「拜什麼？其實我自己也不知道。」

阿水婚把頭別過去，望向那棵大榕樹，說道：「秀才爺死後，葬在哪裡我都不知道，阿義是生是死我也不清楚，我根本不知道要怎麼拜。」

停了一下後，她又繼續說道：「也許我只是在懺悔自己過去的罪孽吧。」話說完，阿水嬸便自顧自地漫步離開。

李山海心想，「阿義」大概就是陳春義吧，看來這名老婦人確實跟陳家人很熟。但她為什麼要懺悔呢？

楊巡查看出李山海心中疑惑，主動替老婦人解釋。原來當年陳家遭難，沒人敢伸出援手，阿水嬸原本答應陳耀祖會照看他兒子，但被家人和鄉民阻止，擔心惹上麻煩被軍警報復。

不久後，陳春義被趕出秀才厝，生死未卜。多年來，阿水嬸一直耿耿於懷，認為自己沒有盡到照顧責任，所以對陳家父子很愧疚。

「很多庄民都怕來到秀才厝附近，只有阿水嬸不怕，每天都會來這附近走走。陳家的事當地人都不太提，只有她願意告訴我。」楊巡查說道。

李山海心想，這麼多年來，阿水嬸一定也一直活在自責中吧！

「如果阿義還活著，妳有想對他說什麼嗎？」李山海大聲問著已漸漸緩步走遠的老婦人。

聽到李山海的問題，阿水嬸停下腳步，怔住了一下。

過了一會，她開始喃喃自語，並語帶顫抖。

「阿義，沒想過要你原諒，只想讓你知道，當年兵仔到處殺人，大家都很害怕，怕會像隔壁庄、像你阿爹那樣下場。

「真正歹勢，阿水嬸對不起你，庄裡人也都對不起你。」

阿水嬸眼中似乎已經噙滿淚水，話語中帶著啜泣聲，不過因為身子佝僂，讓人看不清樣貌。

「還有……」

「阿義，回來吧！」

十八、四國來信

刑事課的各位：

自敝人返鄉已逾一週，別來無恙？

我於十一月十六日順利抵達故鄉松山市，拜見父母、親人，稍作修整後，未忘所負任務，十八日便出發前往德島訪查。訪查結束後，立刻提筆報告始末。

十八日一早五點多，天還未亮，我就從松山站搭乘開往高松的予讚線[189]列車。接近十一點時，列車抵達高松站，我在此等候轉車約二十分鐘，搭上前往德島的高德線[190]列車。

兩個小時後，抵達德島站。出了剪票口後，我拿出抄寫著鹿沼家地址的筆記本，詢問車站人員：德島市富田浦町大道三丁目這個地方該怎麼去。本來以為會離德島站很遠，還需要轉搭公車。沒想到站員告知說，那個地方竟然只要走路二十分鐘就能到。

離開車站後走上新町橋，這裡是聞名的阿波舞祭[191]遊行每年都會經過的地方。

過橋後，就是熱鬧的東新町商店街。由於我也是第一次到德島，覺得這裡的商店街與別處似乎不太一樣，獨特的氛圍確實很吸引人。

沒多久就來到富田浦町，問了幾個路人，很快就找到鹿沼家的舊宅。鹿沼家是一棟傳統房屋，院子也不大，目前沒人住在那裡，但鹿沼雄介雇用一名婦人，每週前往這棟宅邸打掃一次。

住在鹿沼家隔壁的高井老先生，與鹿沼一家交情久遠，特別是與鹿沼雄介的父親鹿沼俊太郎為多年至交，他告訴我許多關於鹿沼家的事。

據高井老先生表示，鹿沼俊太郎原本是德島城附近的尋常小學校教師。鹿沼家連續三代都單傳，而俊太郎直到過了三十歲都還沒有子嗣。

明治二十九年，剛成為帝國殖民地第二年的台灣發生了一件慘劇，也就是所謂的「芝山岩事件」[192]，六名剛派任至台灣的內地老師在台北郊外芝山岩遭到抗日游擊隊殺害，內地得知消息後一片譁然。

當時在教育界出現兩種聲音，一種是原本有意赴台任教的老師，見此事件後望而卻步；另一種是原本沒打算赴台的老師，反而因此激起要替「未暇皇化」的台灣人春風化雨一番。而俊太郎便是屬於後者。

不過，由於那時候俊太郎還沒有孩子，他父母擔心台灣兵荒馬亂，若是有個萬一，鹿沼家將絕後，反對他來台灣。直到明治三十五年，俊太郎的妻子生下雄介後，且當時台灣局勢已經穩定，父母才同意俊太郎前往台灣擔任老師。那年俊太郎已經四十二歲了。

俊太郎一家三口是明治三十六年前往台灣，當時鹿沼雄介還不滿一歲。高井老先生拿出當年通信的信封給我看，信封上寫著鹿沼一家在台灣的地址，是位於台南廳大目降支廳大目降街，是內地人居住的區域。

鹿沼俊太郎在台灣期間，一直在大目降尋常小學校擔任國語教師，其子雄介長大後也在該校就讀。

鹿沼家在台灣一直待到大正四年。那年年底，即將過年之際，俊太郎一家三口突然返回德島，那是他們離開家鄉十多年第一次回來，鄰居們都很訝異。

雖然俊太郎從來都沒有說明為何要舉家返回德島，但高井老先生說，看得出自從回來後，俊太郎像是變了個人，做事都提不起幹勁，他的妻子更是常常無故就掉眼淚，似乎在台灣曾經發生過什麼事。

至於鹿沼雄介的部分，他返回德島時已經是十三歲的少年，外表當然與還在襁褓時差異很大。

高井先生表示，雄介剛回來時，雖然行為舉止很有禮貌，但是很內向不太與人交流互動。同時，他發現雄介說的日語有種特別口音，不僅不是德島人會有的腔調，而且用詞文法很怪。那口音可能是他從小在台灣成長，自然而然形成的台灣腔。而雄介大概是意識到自己講話和本地人不同，所以刻意少說話。

但是隨著雄介在德島待的時間拉長，他說話的腔調不再帶有怪怪的台灣腔，反而是趨近於東京人說的標準語，這點可能和俊太郎本身是老師有關。而且相處時間久後，發現雄介其實很熱情，對人友善。同時他的腦筋很好，加上又很努力，課業聽說一直是學校的前幾名。

鹿沼一家三口一起在德島生活了好幾年，直到雄介前往東京就讀立教大學。但就在他念大學期間，俊太郎與妻子相繼過世，這棟宅子也就空了下來。而雄介大學畢業後直接留在東京工作，很少會回到德島。

高井先生說，雄介後來在東京熬出頭，在知名的大城戶商事擔任重要幹部，開始躋身上流社會，越來越少回到德島，每年大概只有盂蘭盆節[193]時會回來替父母掃墓。不過他也算是有心，特別請了一個婦人每週前來家裡打掃一次，讓故居保持整潔。

幾年前，雄介被任命為大城戶商事的台灣負責人。臨行前，他特地回到德島，向街坊鄰居道別，並在父母的墓前待了好長一陣子，據說有人看到他跪在那裡痛哭了好久。

高井先生認為，雖然雄介與鄰居的互動並不頻繁，但可以看出他是個知書達禮的人，一定是俊太郎夫婦教導有方的緣故。而從他對父母的態度來看，無論是身前死後，都相當恭敬有禮，是個孝順的孩子。

拜別高井先生後，我又找了幾個鄰居訪查，其他人家不像高井先生與鹿沼家那麼熟悉，但談起對雄介的看法，大致也都與高井先生差不多。

後來我造訪雄介曾經就讀的中學，這間學校是德島最知名的升學名校。曾經出過大藏大臣、陸軍大將、參議院議長、縣知事等政界知名人物，也是許多成功企業人士、學者文人的母校。

雄介當時在校的導師，目前還在該校任教。老師表示，雄介是個非常認真的學生，他比任何人都還努力學習，遇到不懂的問題一定會追問到底。而且他的漢文造詣極高，比起全校老師都要更好。

但奇怪的是，剛入學時他就能用漢字默寫完整套《大學》、《中庸》、《論語》、《孟子》等中國傳統經典，卻不太會用音讀[194]念出來。或許是他曾在台灣待過，可能接觸過有別於內地一般學校教授的漢文教學。

另外，雄介還是野球部成員，但是他球技不怎麼樣，總是在場邊撿球，沒有上場比賽的機會。由於野球部有嚴格的學長學弟制，低年級生動不動就會遭到學長欺負、體罰。和他同時進入球隊，一樣實力不佳的同年級隊友紛紛退部，只有他對這些不合理的對待甘之如飴，始終堅持下來。

而他那份堅持以及樂觀向上的人格，也慢慢受到其他隊友的肯定，到畢業前他反而是全野球部人緣最好的成員。雄介曾告訴過老師，說野球是他最愛的運動，對他來說有非常重要的意義，一輩子都不會放棄。

雄介從中學校畢業後，考上東京的立教大學商學部，老師們都替他感到開心。而他做為校友也持續對母校付出，雖然因為他事業蒸蒸日上，沒時間回來，但卻常常捐錢給母校，或是常以母校名義參與慈善事業，堪稱模範校友。

我在德島市待了一天，到處拜訪與鹿沼雄介有關的人，其實和之前在台灣聽到旁人對他的評語差不多，幾乎都是正面的。

就我的觀點，讓人覺得奇怪的部分，是大正四年鹿沼一家三口為什麼突然返回家鄉？且雄介父母總是表現出的哀傷神情，難道是在台灣曾經發生過什麼事？

而雄介剛回到德島時，所操的台灣腔也很令人懷疑。以我個人經驗來說，在台灣的內地人腔調雖然也常會融合一些本島人的用語，但基本上還是與本島人的台灣腔有差別，反而是和原生家庭出身所在較相關。

比方說，出身自九州的內地孩童，其腔調應是受父母影響的九州腔，而非台灣腔。但雄介帶著的是台灣腔，而不是俊太郎夫妻會講的德島腔，加上他的用詞文法很怪這一點也著實令人起疑竇。

總之，經過這次查訪後，敝人建議接下來的調查方向應該朝鹿沼一家過去在台南大目降的住處、學校下手，相信很快就能完全水落石出。

年關將至，各位同仁仍戮力奉公，只有敝人一人厚顏返鄉，慚愧之至。最後，祝刑事課的各位能順利破案，大家辛苦了。

昭和十三年十一月十九日

台北南警察署刑事課警部補　北澤英隆

十九、逮捕

自從接到高雄署石上刑警在嘉義的調查報告，以及北澤的四國來信後，南署對於全案細節與主嫌動機已經有全盤的了解。同時，李山海也委託新市派出所楊巡查於現地做最後查證，並在前一晚將關鍵證人帶回署內問話，警方幾乎可以宣布破案，只差最後將主嫌逮捕。

這一天南署刑事課針對此案進行最終的搜查會議，但會議時間已到，卻遲未見到中尾刑事課長出席，因為他臨時被署長叫進辦公室。

正當眾刑警趁空檔相互閒聊時，總算看到中尾課長快步進入會議室。課長臉上帶著複雜的神情，讓與會的李山海有種不祥的預感，不禁猜想：難道是在最後關頭前，鹿沼運用大城戶商事的力量出招了。

但實情並非如此，可是中尾課長的發言還是令人感到意外。

「特高有動作了！」

課長表示，由於南署這一陣子持續透過各種方式調查鹿沼雄介，引起特高的注意。署長透過州警高層，得知特高課這兩天也循著南署的腳步私下調查鹿沼，可能不久後也會查出鹿沼的真正背景。

「課長，我們要加快行動了！」李山海在會議上力主盡快逮捕鹿沼。

「沒錯，可不能把到手的獵物拱手讓人，即便對方是高高在上的特高！」課長說完後，還特地看了李山海一眼，「你說對吧？」

課長認為此案貢獻最大的李山海，現在心裡一定是想著絕不能將這個案子的首功送給別人。

「是！」

李山海雖然口中這麼回答，但其實所想的和課長完全不一樣。他根本不在乎案子是誰破的，他很清楚身為台灣人的自己，警察生涯已經到頂點，不管以後破再多案都升不上去了，他的階級永遠都會停在巡查部長。

但是這個案子，他無論如何一定要搶在特高之前逮人。

特高對待犯人的殘酷手段人人皆知，李山海不希望那個人落入特高手裡，不想看到他受到更多的嚴厲刑求。

那個人經歷了什麼樣的成長過程，雖然目前還不完全了解，但可想而知一定是相當艱辛。他這幾天常常在想，要是換作是自己遭到這樣的狀況，也能如此生存下來嗎？

儘管犯下了不可饒恕的殺人罪行，但李山海對他有著無比的同情，由衷地替這名同源同種的嫌犯感到惋惜。

再一次來到大城戶商事的辦公大樓，李山海的心境完全不同。上次來此時，對案件真相還如霧中看花；而這一次雖是要來逮捕兇手，但他卻沒有絲毫破案的快感，只有內心不住地嘆息。

李山海來到二樓的支局長辦公室，坐在門外秘書辦公桌前的人，已不是上一次來時曾看到的林秘書。

經過這名新秘書的通報後，李山海進入了鹿沼雄介的辦公室。辦公室內依舊縈繞著那首〈東京狂想曲〉的歌聲。

「愉悅的都市，戀愛的都市，

夢中的樂園，繁華的東京。」

明明是歡愉輕快的旋律，這次在李山海耳裡聽起來卻顯得異常悲傷。

鹿沼雄介還是一派輕鬆地坐在辦公桌前處理公事，過了一會才站起身來，慢條斯理地招呼李山海。

「刑警先生，請坐。這次來又有什麼事情嗎？」鹿沼一邊和李山海搭話，一邊招喚秘書替李山海送上咖啡。

李山海心想，鹿沼雄介應該知道自己已經被警方掌握住是此案主謀的事證，但卻依舊如此鎮定且面不改色，實在是不簡單。

坐在和上次來時一樣的位子，李山海喝了一口剛端上的咖啡，在等待秘書離開辦公室的同時，思考著接下來要如何措辭。

新秘書關上了門，李山海決定直接把話說開。

「鹿沼先生，我就直說了，今天是來逮捕你的。」

李山海仔細觀察鹿沼聽到這句話的反應，沒想到他竟然異常的鎮定，臉上表情幾乎沒有任何變化。

「刑警先生，別開玩笑了，你在說什麼啊？」鹿沼說話的語氣依然平和，並沒有露出惱色。

「你就是這次案件的兇手吧？」

李山海不待鹿沼回答，繼續說下去：

「準確來說，你應該被稱作是主謀，因為殺害藤島的是陳金水。不過，你才是整起事件的幕後主使者。你指使和藤島交惡的陳金水去殺人，而陳金水幫你殺了藤島後，又被你殺人滅口，我沒說錯吧？」

鹿沼聽到李山海這番話，先是一愣，隨後第一次有了怒氣，「你怎麼可以這麼誣蔑人！難道警察就可以隨便將罪名加在別人身上嗎？」

李山海看著想要藉發火來做掩飾的鹿沼，只覺得他很可悲，都已經到了這個地步，還想做困獸之鬥。

「是不是誣蔑你自己應該很清楚，我只是奉命來抓人。」話說完後，李山海隨即出示檢察官核發的拘票。

看到李山海手中的拘票，鹿沼的心涼了一半，他完全沒料到警方所掌握的事證已經足以讓檢察官核發拘票，一時之間不知如何應答。這也是他第一次在李山海面前露出內心動搖的神情。

不過，很快地鹿沼又重新武裝了精神，「檢方一定是哪裡弄錯了，我打電話給高等法院的檢察官長問個清楚。」

鹿沼似乎想動用在總督府高層的關係，但李山海知道這只是白費工夫，便說道：「這樣吧，我先把案件經過大致解說一番，你聽過後還覺得是無稽之談的話，再打電話如何？」

鹿沼沒有回答，李山海便當他已同意，開始詳述案發經過。

「你因為某個原因想要除掉藤島，因此找上和藤島有過節的陳金水幫忙殺人。由於陳金水最近遇上資金周轉問題，你答應事成後會給予五百元作為報酬，陳金水在資金誘惑且確實也痛恨藤島的情況下，決定協助你殺掉藤島。

「你事先和陳金水說好，要他十月三十一日當晚搭乘和藤島相同的『五三』號南下臥鋪列車。陳金水待服務員將藤島包廂的床鋪好後，就跑去找藤島假裝有事要商談。兩人一進包廂，陳金水立刻刺殺藤島，並趁服務員還在別的包廂鋪床時，趕緊離開藤島的房間，躲進廁所裡換裝。

「列車於八點十五分抵達桃園站，陳金水於此站下車，等了一個多小時後，又在桃園搭上九點五十分返向的北上列車，目的地是萬華站。這班北上列車於十點二十八分到達萬華站，而此時你正在台北車站準備搭上十點三十分南下高雄的另一班臥鋪列車『急3』。

「你告知陳金水到了萬華站後，先到南下列車停靠的第二月台等待，你會帶著五百元的酬金到此交付，而陳金水拿了錢後可以順便在鄰近的三號月台，搭乘十點四十分的新店線列車返家。

「你搭乘的『急3』號列車於十點三十五分抵達萬華站第二月台。其實那班車本來不停萬華站，但你利用大城戶商事的力量，將當天抵台的拓殖會社顧問團，安排住到新店碧潭旁的旅館『南海屋』，還商請鐵道部在那班臥鋪車加掛顧問團的專屬車廂，並在萬華站臨時停車，以便轉乘那班十點四十分的新店線列車。

「列車抵達萬華站後，拓殖會社顧問團整團人於第二月台下車，轉搭第三月台的新店線，導致月台上混亂不已。你趁著月台紛亂之際，下車與陳金水碰面，交付預訂好的酬金與一瓶摻了氰化鉀的日本酒，之後又趕緊回到車上。

「陳金水拿了五百元酬金和酒後，和拓殖會社顧問團搭上同一班新店線列車準備返家。你知道他酷愛杯中物，一坐上車一定會立刻開瓶喝酒，事實也如你所料，陳金水喝了毒酒後，不久就死在座位上，死亡時間可能在列車剛啟動，可能在晚間十點五十分左右。

「新店線列車就這樣載著陳金水的屍體抵達終點站『郡役所前』，但當時車站人員要協助引導顧問團離站，無暇察看列車上是否還有人沒下車，隨後這班車又立刻改為開往萬華的上行末班車，於是陳金水的屍體就被這樣載回萬華站。

「而你和陳金水在萬華站碰面後立刻回到『急3』號的包廂，隨著臥鋪列車繼續南下。待車廂服務員完成全部房間的鋪床作業回到車廂走道座位，你故意和服務員攀談到十二點，讓他留下印象，因此得以幫你作證一直待在列車上的不在場證明。

「由於陳金水的屍體是被發現在開往萬華的末班車上，因此警方一開始研判的死亡時間，是以末班車從『郡役所前』的發車時間十一點十五分來作為依據推斷，導致調查嫌犯的不在場證明時間與地點出現誤差，讓最有嫌疑的你取得不在場證明，也使得案情之前一直陷入僵局。」

李山海將案情詳述後，沒想到鹿沼還是不為所動。

鹿沼滿不在乎地說：「所以呢？你講了這麼多，都只是推測，有什麼依據？

有人證還是物證嗎？」

「老實說，我沒有證據。」李山海很坦承地表示。

「沒有證據警察可以這樣抓人嗎？」聽到警方沒有實質證據，鹿沼心中稍微鬆了口氣，但還是對李山海擺出生氣的樣子。

李山海卻忽然話鋒一轉，淡淡地說：「我說個故事給你聽吧！」

鹿沼感到疑惑，心中想著：「你在變什麼把戲啊？」

李山海說：「我父親是清國時期的捕快，他辦過一件案子，一個名叫王阿舍的男人殺了他的妻子……」

李山海簡單敘述了王阿舍如何運用鐵道往來台北與水返腳以殺害妻子，並嫁禍給鄰居吳少爺的故事。並提及他為了製造不在場證明，雇用乞丐「空仔」穿上他的洋服在城內閒晃引人注意的過程。最終因「空仔」被衙門找去問話，抖出是王阿舍找他幫忙，進而證明王阿舍是幕後黑手的真相。

鹿沼聽完後沒什麼反應，也不知道李山海說這個故事的用意。

「你到底想說什麼？」

李山海彷彿很驚訝地回道：「還不明白嗎？你覺得王阿舍最後為什麼會被抓？」

鹿沼回答：「因為他雇用乞丐製造不在場證明被發現吧。」

「沒錯！其實這案子從頭到尾都沒有實質證據指是王阿舍犯案，但他自作聰明安排乞丐想要掩人耳目，反倒成為他預謀犯案的證明。」

李山海接著說：「如果他不是兇手，為什麼要大費周章安排乞丐穿上他的衣服吸引別人注目呢？光憑這點他就很難解釋了。」

鹿沼邊聽邊冒冷汗，同時不自覺地望向門外的秘書辦公桌。

他已經聽出李山海想要說什麼……

李山海終於說出口：「是你指示林秘書在深夜的嘉義站等車吧！」

鹿沼的眼神流露出驚慌的神色。

「你安排林秘書搭上和藤島同一班『五三』號列車，並讓他穿著和陳金水行兇時一樣的衣服，囑咐他凌晨二點三十五分從嘉義站下車，且要在嘉義等待六點發車的北港線首班車，然後只坐一站就下車。

「林秘書全身高檔的穿著在嘉義站等車，在候車乘客中特別顯眼，讓當地民眾以為是來自上流階層的內地人。同時你囑咐林秘書全程不可開口說話，更是讓人好奇他的來歷。林秘書做的這一切，無一不引人注目，但其實你只是想要誤導警方的辦案方向，而高雄署的刑警也確實被這一線索帶往嘉義。

「將你視作大恩人的林秘書，根本不知道你想要幹嘛，只是乖乖地做著你要求的每一個動作，絲毫沒有質疑過你的動機，而你利用了這樣的他……」

李山海一鼓作氣說明林秘書當天在嘉義站的不合理行徑，又繼續說道：「不過，就像『王阿舍殺妻』一樣，此案本來沒有實質證據指向是你所為，但因為你指示林秘書做出這些怪異舉動，反倒欲蓋彌彰，成為你涉案的間接證據。」

鹿沼意外地沒有先作辯駁，而是帶著怒氣，心急地質問：「你們對林秘書做了什麼？」

面對鹿沼這個反應，李山海有些訝異。

「放心，我們沒有做出非人道的刑求。」李山海這番回覆，雖然否認對林秘書嚴刑逼供，但也證實了林秘書目前落在警方手裡。

「林秘書聽從你的指示在嘉義的『竹圍』站下車時，不小心撞到了一個當地老先生，他脫口而出台語的『失禮』，才讓我們懷疑到他。昨天警方把他帶回警署，他坦承自己就是那個神秘人。」

李山海才一說完，鹿沼馬上接話：「他什麼都不知道，只是按照我的指示行動，不要為難他。」

「我知道，不會有人傷害他的，請放心。」

聽到李山海的承諾，鹿沼緩和了情緒，也重新振作了精神。

沒想到他竟然又振振有詞地繼續為自己辯護：「話說回來，就算是我指示林秘書去嘉義站等車又如何？這難道稱得上是證據嗎？」

這最後的強辯，代表鹿沼還沒放棄，他還在做最後的掙扎。看在李山海的眼中，有著無限的同情。明明事已至此，他卻還想力挽狂瀾。

「我一定要打電話給高等法院監察官長，說你們警察都在亂搞！」鹿沼再一次拿起電話。

「夠了沒？」李山海突然改用台語說話。

鹿沼愣住了……

「陳春義，已經結束了！」

李山海用台語繼續說著……

二十、回家

「你……在說什麼？我聽不懂台語啊。」

鹿沼雖然口中仍用日語如此說道，想要辯解自己並非是陳春義，但近乎嚇傻的神情根本騙不了人。

「我知道你聽得懂。」李山海似乎不打算再用日語溝通。

「所有的事情我們都知道了，從殺人動機到你的真實身分，全部都知道了。」

鹿沼……

不，應該要說陳春義。

他神情茫然地癱坐在座位上，知道自己已經無力回天了。

明明那麼努力地求生存……

明明這麼多年以來始終認真上進……

明明比任何人都想當個好人……

明明……

有那麼多的明明，但為什麼會落到這個下場，他想弄個明白。

沉默片刻後，陳春義終於開了口：「你們……是怎樣知道的？」

已經多少年沒開口講台語了？

有二十多年了吧……

這句話說的是陳春義已多年未講的台語，原本以為還要花點時間先在腦中轉換，沒想到話一說出口，很自然地一口氣講完。

聽到陳春義終於也用母語交談，李山海心中感觸良多。

他收起了手上的拘票，再喝一口桌上的咖啡後說道：「我們追尋著藤島生前的行動調查，發現他去看了日日新報的四十週年寫真展，看到了那張照片。」

「果然如此……」

「我們沿著照片上的線索，也就是寫有你父親姓名陳耀祖的骨灰罈，追蹤到你的家鄉，找當地的新市派出所調出戶籍資料，知道你的原本姓名。新市派出所的楊巡查還特地到大目降的日本人社區調查，多方拼湊下才了解你是如何取得鹿沼雄介的身分重新開始新人生。」

「其實藤島也去派出所調查過你的戶籍資料，也許他就是以此要挾你，才會讓你動起殺機吧！」李山海說道。

「我想陳金水大概也知道你的真實身分，可能是你在和藤島談判時不小心得知的。而他之所以願意協助你殺掉藤島，或許某種層面是因為和你同是西來庵事件遺族的關係，是嗎？」

陳春義沒有回話，但也不否認。他在突然間得知自己原本的身分早曝光後，似乎已處在萬念俱灰的狀態。雖然潛意識中還想挽回些什麼，可是已經想不出任何可行的辦法了。

李山海一直有個疑問想要好好問陳春義，儘管他始終不發一語，但還是開口詢問：「為什麼連陳金水都要除掉？怎麼說你們同樣都是當年的受害家屬，而且你不該是那麼心狠手辣的人。」

屋內沉靜片刻後，陳春義深深吐了一口氣，彷彿下定了決心後才開口接話：

「我不能讓任何人知道我不是鹿沼雄介，任何人……」

「可是……」李山海想接話，但陳春義的話還沒說完。

「你知道被人叫做『土匪囡仔』是什麼滋味嗎？你知道每個人都可以把你踩在腳下的感覺嗎？你知道有家歸不得只能露宿街頭的悲哀嗎？」陳春義突然情緒激動了起來，說話越來越大聲。

「我只是想活下來啊！」

李山海心想：這就是他二十多年來一直在心中的吶喊嗎？

因為長期以來他心裡已經認定沒人會給陳春義活路，所以只能以鹿沼雄介之名求生，無論要付出什麼代價……

陳春義繼續說：「就拿現在『球見會』的成員來說，每個人都只因為我是大城戶商事的鹿沼雄介而和我交朋友，有誰會理『土匪囡仔』陳春義！」

李山海等陳春義發完牢騷後才開口：「我跟你說一件事吧。」

「你知道『球見會』裡除了藤島和陳金水，還有人也知道你的真實身分嗎？」

「你……說什麼！」陳春義顯得非常震驚。

陳春義之所以會費盡心思，犯下殺害藤島與陳金水這兩條人命的案件，是因為他認為全世界只有這兩個人知道他的真實身分，如果這兩個人消失，這個秘密將永久埋葬。但如果還有別人也知道，那麼他費盡心思所做的一切，根本打從一開始就毫無意義。

李山海開始解釋：「如你所知，藤島從新聞寫真展中看到那張照片後，為了要調查你的真實身分，特別跑到台南向當地派出所調閱戶籍資料。但因為戶籍資料不是任何人都能調閱，因此藤島先找上在鐵道部工作的渡邊大陸，把你借用鹿沼雄介身分的事告訴了他，由他出面向派出所交涉。」

「所以，渡邊也知道了……」

渡邊大陸是陳春義在「球見會」裡最敬佩的人物，他比陳春義大一歲，既是明治大學畢業的高級知識分子，還是知名的野球選手。離開明大後，渡邊先前往朝鮮，後又來到台灣，都在當地球界留下優異成績。如今他在鐵道部任職，同時也是鐵道部野球團的投手兼教練，依然活躍在球場上。

八年前，鐵道部和遞信部組成聯隊「台北交通團」，成為第一支前往日本本土參加都市對抗賽的台灣代表隊，當時還在東京大城戶商事總社工作的陳春義，很快就成為這支來自家鄉球隊的支持者，即使他們第一場比賽後就打道回府。

隔年是台灣球界大放異彩的一年，那一年嘉義農林在全國中等學校野球大會拿下準優勝，台北交通團則在都市對抗賽中殺進四強戰。不同於遠在關西甲子園球場的中等學校野球大會，都市對抗賽就在東京的明治神宮球場舉行，因此，台北交通團的比賽陳春義一場都沒錯過。

儘管台北交通團陣中全是內地選手，可是當它掛上台灣代表的招牌後，對已在異鄉捨棄原有身分的陳春義來說，這支球隊就是「家」的代名詞，只不過也是他無法在眾人面前承認的「家」。

從陳春義變成鹿沼雄介後，他在日本有了新的父母，也有了落腳的地方。但是他有「家」嗎？他始終懷疑著。在他的潛意識裡，所謂的「家」，應該是要有阿爹、有阿嬤，有「秀才厝」，大家說著相同的語言，聊著共同的回憶……

在日本，不管是在德島還是東京，他始終沒有感受到「家」的存在，直到在明治神宮球場遇上渡邊大陸後，他終於找到「家」。

他永遠記得，那年的都市對抗賽四強戰，台北交通團對上當時全日本實力最強的「東京俱樂部」[195]。滿場數萬名球迷一面倒地替地主隊應援，只有他一個人默默地在心裡為台灣代表吶喊。

比賽中途，他忽然隱約聽到熟悉的語言，仔細尋找後，終於發現在他右方前兩排有兩個穿著大學制服、頭戴大學帽的學生在用台語交談，同時也在替台北交通團加油。

大概是台灣來的留學生吧！

當然，他不能，也不敢真的上前找他們攀談。如果可以的話，他多想立刻跑過去，大聲告訴他們：「我也是台灣人，我們一起加油吧！」

那一年台北交通團的渡邊大陸宛若鬼神，從第一回戰對上朝鮮龍山鐵道局的比賽開始，到四強準決賽對東京俱樂部，他投完了台北交通團的每一場比賽，也從此成為陳春義的偶像。

準決戰比賽進行到九局上，台北交通團和東京俱樂部還處在五比五的僵局，但投手丘上的渡邊大陸已經筋疲力盡，連日在大太陽下的熱投讓他的手臂幾乎已經舉不起來。

觀眾席上的陳春義，看著陷入危機的渡邊，不斷在心中祝禱，希望台灣代表能度過危機。

當全場球迷齊聲替地主隊吶喊助威：「衝啊，衝啊，東京！」時，陳春義也終於不由自主地跟著放聲喊叫起來，只是喊到「東京」的時候，會降低聲量並輕聲改念「台灣」。

渡邊大陸終究還是一般人，在氣力放盡的情況下，讓東京俱樂部在九局上一舉攻得四分，台北交通團最終止步於四強準決賽。

比賽結束後，整個神宮球場一片歡騰，大家都在慶祝東京隊的勝利。坐在隔壁的球迷開心地對著陳春義說：「不要哭，我們贏了！」

這時他才意識到自己竟然已淚流滿面。

旁人以為陳春義是東京本地人，是因為勝利喜極而泣，但他當然不是。不過，他也不是為了台灣代表隊力戰落敗而感到遺憾落淚，而是因為他發現終於在異鄉找到了自己可以寄託的歸屬，找到了「家」。

那是感動的眼淚，而渡邊大陸是帶他找到「家」、找到那份感動的重要人物。

幾年後，陳春義以鹿沼雄介的身分回到台灣，主持大城戶商事台灣支局，且因為加入「球見會」而真正認識渡邊。儘管見到渡邊本人後內心十分激動，但他從未把這段往事告訴渡邊，而是讓它塵封在記憶裡。

渡邊大陸對陳春義來說，是某種意義上的「家人」，在渡邊的身上，他看到了「家」的模樣，也看到了兒時玩伴鹿沼雄介的影子。

鹿沼雄介讓他認識並愛上了野球；渡邊大陸則用野球讓他找到回家的感覺。

如今渡邊竟也知道他的真實身分……

「渡邊了解了多少？」

身分曝光後，身邊親友遲早都會得知消息，陳春義其實已不太在意其他人怎麼看他，唯獨對渡邊，不希望留下壞印象，也不解為何渡邊也會牽扯進來。

李山海看著陳春義疑惑的表情，覺得有說明的必要。

「昨天我們請渡邊來署裡問話，我和他聊了很久。包括他為何得知此事、在此案中扮演的角色，以及對你的看法……」

陳春義流露出的眼神，表明他迫不及待想知道答案。於是李山海不待他開口，直接往下繼續說：

「因為現在剛好是你們三人在替母校爭取野球選手大下弘的關鍵時刻，藤島將你的秘密告訴渡邊後，以『讓一個騙子接近大下好嗎？』為由，慫恿渡邊出面向派出所調閱戶籍資料。

「在派出所調戶籍時，渡邊很仔細地詢問了你們父子的故事，以及西來庵事件的歷史背景，可以說他已經幾乎完全了解你的過去。」

「騙子嗎……哈哈！」陳春義苦笑了起來。

對於自己極為尊敬的渡邊大陸，已經完全知道他的底細，陳春義就像是洩了氣的皮球，彷彿自暴自棄般地自嘲。

「也罷！我真的是個騙子沒錯。」

一切都結束了……

「果然土匪囡仔一輩子都會是土匪囡仔，是我自己不自量力，我認了！」陳春義一邊如此說道，一邊走向李山海，示意願意跟他走。

李山海似乎不急著將陳春義帶回警署，依然坐在沙發上，喝完杯中最後一口咖啡才緩緩起身。

「渡邊有話託我轉達你，知道是什麼嗎？」

「嘿！」陳春義冷笑一聲，「還能有什麼話？」對這個問題嗤之以鼻。

「他說，他認識的你，始終帶著笑容、對人和善、博學多聞卻又謙虛有禮，對野球的熱愛更是無人能比，他很榮幸可以和你做朋友。」李山海說道。

「咦？」

陳春義的眼眶溼潤了起來……

「他還說，無論你的名字是鹿沼雄介還是陳春義，你就是你，你永遠都是他的朋友，永遠……」

「渡邊……」陳春義的淚水似乎快滴下來……

「對了，道公庄的阿水嬸也有句話想對你說。」李山海道。
聽到「阿水嬸」的名字，陳春義更是驚訝地無法言語。
李山海說：「阿水嬸想對你講一聲：『對不起』……
「還有……秀才厝她一直都有幫你打掃整理，所以，她希望你……
「回家吧……」
陳春義的眼淚終於忍不住潰堤落下。

原來家一直都在，自己並不是孤單一人……
昭和十三年十二月二十日。
離家二十三年的陳春義，終於要回家了。

尾聲

年前才剛解決一件大案，但元旦假期剛過，新的案件又一件接著一件接踵而來，李山海和南署刑事課的同事始終處在忙碌狀態。

所幸今天李山海終於有段空閒時間，免受案件叨擾。因為台北北署要替去年底剛退休的前刑事課長大久保，舉辦一個遲來的引退儀式。做為北署出身的刑警，李山海被指派為南署刑事課的代表前往觀禮，同行的還有剛從四國老家返台的搭檔北澤。

南北兩署的距離只有兩公里左右，李山海和北澤從南署出發步行前往也只花了約三十分鐘。此時距離儀式開始還有一段時間，兩人不想那麼早進去警署面對眾多警界高層，彼此大眼瞪小眼。於是先到北署斜對面的騎樓下抽菸聊天，打發時間。

北澤從外套口袋拿出一包這兩年大為火紅的台灣專賣局[196]「曙」牌香菸，遞給李山海抽出一根後，自己也吞雲吐霧起來。

兩人在煙霧繚繞的騎樓下隨意地閒聊，聊到甫落幕的「野球俱樂部殺人事件」。畢竟由於北澤返家過年，沒有參與案件最後的偵辦階段，對於其中一些細節並不十分清楚。因此，主動開啟這個話題。

李山海很認真地想替他解答疑惑，沒想到北澤的第一個問題就讓他傻眼。

「我問你喔，秀才厝到底有沒有鬧鬼啊？」北澤神秘地問道。

李山海白了他一眼，回道：「可以問一些和案情有關的事嗎？」

「我就是好奇嘛！而且不問哪知道和案情有沒有關。」北澤解釋著。

「沒有。」李山海說道：「其實阿水嬸常常進去秀才厝內打掃，她把屋內整理得一塵不染，二十多年來都不間斷。」

「那這個傳聞是哪裡來的啊？」

「就是阿水嬸自己。」李山海繼續解釋，「她擔心軍隊離開後，會有不肖人士常常闖入秀才厝，於是放出鬧鬼風聲。同時她雖然維持屋內整齊，卻故意任由房子外觀破損、院落長滿雜草，更是讓鬼屋形象越發逼真，以致無人敢靠近。」

「原來如此。」

但北澤還有很多問題，因此便繼續問道：「對了。陳春義當年到底是怎麼取得鹿沼雄介的身分？」

「我委託新市派出所的楊巡查，請他到鹿沼家過去在台南大目降街的住處調查。其實一開始我到台南訪查時，為了避免節外生枝，沒有打算把這個案子告訴他。但因為他對陳耀祖一家的事情很了解，人又熱心，所以後來決定將案情全盤告知並請求協助。」

北澤沒有搭話，點了點手中香菸上的菸灰後，用眼神示意李山海繼續說。

「根據楊巡查在當地的調查，當年的大目降街大部分都是內地人，而內地小孩也幾乎不與本島人孩子往來，只有鹿沼雄介例外。他與一名西來庵事件的本島人遺屬小孩交好，這名孩子被內地小孩稱為『土匪之子』，常常遭受欺負和嘲笑，都是雄介幫忙化解。」

北澤一聽，連忙詢問：「那個本島人小孩就是陳春義？」

「是的，陳春義的父親被處死後，他也被迫離開故鄉道公庄，走投無路的情況下，決定投靠同年齡的朋友鹿沼雄介。」

心急的北澤忍不住又問道：「不對啊，總不可能有兩個雄介吧，那真的雄介後來怎麼了？」

「你別急，先聽我說。」李山海接著繼續講楊巡查的調查結果：

「根據鹿沼家的鄰居回憶，大正四年底，雄介生了一場大病，在家臥病好幾個星期，不僅沒去上學，好幾個醫生輪番來家裡看診，但也無法治癒，據說是相當嚴重的病症，生命危在旦夕。雄介的父母為了替兒子治病，決定在過年前離台返鄉求醫。

「鄰居表示，關於鹿沼家返回內地一事，有一個插曲。原本他們預計要啟程的當天並未出發，整日大門深鎖，屋內還不時傳出哭泣聲。但兩天後，鹿沼家卻又突然人去樓空，此後再也沒回來過。而鹿沼家離開之前，有人目睹到『土匪之子』出現在大目降街……」

「等一下，這是什麼意思？」北澤終於找到空檔發問。

「楊巡查在來信中表示，他懷疑鹿沼家之所以未在預定出發當天啟程，可能是因為雄介就在這天病亡。而剛好那時陳春義來到大目降街打算找雄介，投靠鹿沼家……」

「所以呢？」

李山海沒有再回答，他看了看手錶後，熄掉了手上的菸蒂，朝著北署大門邁開腳步，並說道：「典禮時間快到了，我們進去吧。」

「喂！講一半就想逃，太不夠意思了吧。」北澤跟上腳步抱怨著。

李山海從口袋掏出一封信，在北澤面前擺動，「自己看看這封信吧！」

北澤迫不及待地從信封中抽出信紙，也不管自己正在橫越馬路。

「怎麼全是漢字啊？」

這封信是陳春義在南署留置所內寫給李山海的私人信件，但因為通篇以漢文書寫，難倒了北澤。

李山海在走進北署大門前停下腳步，突然回頭說道：「多學點漢文吧！」

接著又語重心長地說：「相信我，在這片土地上生活著，學會當地人的語言文字、理解在地的文化風俗，對你只有好處沒壞處的。」

北澤不甘示弱地回話：「不要小看我，總有一天我會學會的。」

李山海把北澤手上的信抽回，微笑道：「你可要快一點，我等這一天的到來。」

山海仁兄大鑒：

自從與兄結識以來，因分屬立場兩端，未能進一步深交，甚感遺憾。今日我身背重罪，卻仍厚顏稱兄道弟，尚請見諒。針對你之前提出關於本人的過往，以及此案背後的一些細節問題，我想今日藉著此信略述。

如你所知，我的父親陳耀祖為前清時的秀才，二十三年前因為參與西來庵事件遭判處死刑。父親死後，我本獨自一人在道公庄的秀才厝生活，後因軍隊入庄徵用房舍，又不受鄉親待見，而被迫離開家鄉。

走投無路下，我想到這世上不會視我為瘟神的人可能只剩下好友鹿沼雄介。雄介和他的父母從不因我的身分而歧視我，我想或許有機會可以暫時在他家寄人籬下，之後再作打算。

雄介是在我父親出事後，唯一願意和我互動做朋友的人。他體魄強健，是個運動高手，屢次出手保護我免受內地孩子欺凌。同時，雄介還是狂熱的野球愛好者，也是我的野球啟蒙老師。

沒想到我前往大目降街欲投靠鹿沼家時，從旁人處得知，鹿沼家竟然剛好要在當天啟程返回日本，我頓時眼前一黑，心想自己連最後一根稻草也抓不住，不由得萬念俱灰。

不過，我想起家父遺言，他希望我無論如何也要想盡辦法活下來，於是我仍然抱著一線希望走向鹿沼家。

也許是上天眷顧，鹿沼家竟然還沒走，房子裡仍傳出談話聲。

不，那不是談話聲，而是哭泣的聲音，我聽出來是雄介母親的哭聲，而且她邊哭邊喊著雄介的名字。

我連忙敲門想知道發生什麼事，來開門的是雄介的父親，他神色哀戚地望著我，卻不說一語，並用手指向屋內，示意讓我進去。

雄介的母親抱著在病榻上已經斷了氣的雄介哭泣，眼淚止不住地滴落在雄介的臉龐，但終究無法喚醒已逝去的兒子。

我無法相信自己最好的朋友、最後的寄託，就這樣離開人世。沒有了雄介，我接下來該怎麼辦？天下雖大，但還有我的容身之處嗎？

我本來不想落淚的，但眼淚還是莫名地流了下來，淚水一旦湧出便控制不了，只能任憑流淌、嚎啕大哭。

這時一隻手拍著我的背，我回頭看，是雄介的父親，他的臉上也掛滿淚痕。

那一天，我和雄介的父母談了很多，三個人邊哭邊聊，聊雄介、聊我……

突然雄介的父親對我說：「從今天起，你就是雄介，代替他活下去吧！」接著他又轉頭對著雄介的母親說：「我們三個一起，帶著雄介回德島，離開台灣這個傷心地好嗎？」

就這樣，我捨棄了陳春義的身分，成為鹿沼雄介。我和雄介的父母帶著連夜火化後的雄介骨灰離開台灣，在德島從頭開始新生活。

為了亡父的遺言、為了擁有新生命的自己、為了來不及看遍世界的雄介，我不僅要活下來，還要活得精采、有價值。所以這些年來，我努力地求學、工作，不放棄任何一絲上進的機會。

同時，為了不讓真面目曝光，不讓周遭的人發現我是台灣人，無論是語言能力、生活作息、應對進退等，我都必須要比日本人更像日本人。

另外，如前所述，我對野球的認識來自於雄介，他曾經告訴過我，野球是他的生命，他要用一輩子的時間來打球、看球。

但是他的一輩子實在是太短了，做為雄介的替身，我必須補上他的缺憾，這是我唯一能替他做的事情。

多年來，我用著雄介的名字在日本生活著，上中學、念大學、進入大城戶商事工作。這一切的一切，都是雄介和他父母給我的，我萬分感激，也無以為報。

也許是上天要我別忘了回家，四年前我被大城戶商事派赴台灣設立據點，成為台灣支局的負責人。我曾經猶豫是否要拒絕，我很擔心會被熟人碰到拆穿身分，但心中又有另一個聲音，催促著我：「回去吧！」

回來台灣後，我以為只要待在台北就不會被家鄉的故人遇到，沒想到在加入「球見會」後，發現俱樂部裡竟然也有當年西來庵事件的遺屬，陳金水。

幸運的是，我和陳金水過去彼此不認識，居住的村莊也不同，儘管類似的出身讓我對他感到親近許多，但我當然不會因此就透露自己的真實身分。

殊不知竟然出現那張照片。

那張照片被貪婪的藤島看到後，他立刻跑來找我。我原以為他只是要談生意上的事情，因為我知道他對總督府的文具採購案很有興趣，沒想到他只叫我先去看看日日新報社的寫真展，然後再來談生意。

我去了新聞寫真展，看到那張照片，腦中如同五雷轟頂，當年我根本沒注意到被拍過這種照片。想到自己多年來的努力就要因此付諸流水，我十分緊張。

得知自己的過去被發現後，我很著急地想要解決這件事。案發前一週的俱樂部聚會，我找藤島到廁所商量這件事。預料之中，他跟我要了總督府的文具採購案，但沒想到他還繼續獅子大開口，要求我拿出封口費五千元。

沒想到我們這段談話剛好被路過的陳金水聽到，對於我的真實身分，陳金水自然非常訝異，而我卻是嚇得臉色發白。這時一旁的藤島竟然還不以為意，帶著輕蔑的口吻對著我們說：「原來俱樂部裡不只一個清國奴呢！」

其實藤島想要什麼我都無所謂，怕的是他長期以此要挾後，最後還是把我賣了。所以當我看到他毫無遮掩又得意洋洋的樣子，讓我在那瞬間起了要除掉他的念頭。

對於陳金水，我利用了他後卻仍提防他，最後甚至還殺了他滅口。雖然如今已於事無補且毫無意義，但在此我還是想對他的家屬懺悔，真的很抱歉。

為什麼要殺掉陳金水呢？在制定整個計畫的過程中，我最難以下定決心的就是這一步。我曾想過不要動他，就這樣算了吧！但後來我又告訴自己不能冒險，這世上只有兩個人知道我的身分，如果這兩個人都死了，這個秘密將永遠無人知曉。

我如何教唆陳金水殺害藤島，以及利用縱貫線與新店線的列車行進交會對陳金水滅口的方式，你已經全盤推理出來，在此就不再贅述。總之，我犯下的過錯萬死也難以贖罪。

我本來自以為這套計畫天衣無縫，但出現了你……如果沒有你，可能不會有人發現我是兇手，也不再有人知道我就是陳春義。

照理來說，我應該要恨你。但不知道為何，我現在一點都沒有怨恨的感覺，反而因為鬆了一口氣，想要謝謝你。

謝謝你帶我回家，提醒我自己是什麼人；謝謝你讓我重新拾回陳春義的名字，再做回秀才爺的兒子。

對了，幫我轉告渡邊先生，感謝他這幾年來的照顧，以及對我的肯定。還有，請提醒他，高雄商的大下弘真的是難得一見的天生好手，無論如何一定要好好栽培，相信在他的指導下，大下未來絕對會成為引領球界的大選手，也會是最閃耀的一顆星。

如果還有機會的話，我真想看到大下選手的未來，他會是怎麼樣的選手呢？也想再去東京一趟，一邊聽著〈東京狂想曲〉一邊喝著咖啡看看書，然後漫步在迴盪〈晚霞〉[197]的街道上，回憶我的大學生活；我還想回去秀才厝，想知道阿水嬸是否還健壯、想再到屋後水井旁那棵大樹看看，因為我的父親就在那樹下，我的鞋子還留在那陪著父親嗎？

在這麼美麗的世界，我還有好多的事想要做……

也許下輩子，當我不用在兩種身分中徘徊困惑，能以自己的名字理直氣壯地活著時，這樣美好的世界就會到來。

你說是吧？

弟　陳春義　拜上

註釋

1. 西元一九三八年。
2. 台北城拆除後，城牆原址上改築三線道路，約今中山南路、愛國西路、中華路、忠孝西路。
3. 一九三七年至一九四一年間，由蘇聯紅軍派來支援中華民國進行抗日作戰的志願空軍。
4. 台灣第一座西式飯店，一九四五年台北大空襲被毀，現為台北新光三越百貨及K Mall購物中心。
5. 六所位於日本東京都名門大學所屬棒球部所構成的學生棒球聯盟，自一九二五年至今。
6. 早稻田大學與慶應義塾大學之間的對抗，堪稱日本最具代表性的世仇對戰。
7. 日本社會人棒球界最具指標性的賽事，自一九二七年至今。
8. 由台灣總督府交通局遞信部成立，呼號ＪＦＡＫ，為台灣首個廣播電台。除自製節目外，也接收日本放送協會ＮＨＫ的廣播訊號，播送部分日本內地的節目。

9. 一九二九年十一月一日，昭和天皇於神宮球場觀賞早慶戰，為史上首度天皇現場觀賞運動賽事。

10. Babe Ruth、Lou Gehrig、Jimmie Foxx：當時的大聯盟球星，退休後均入選棒球名人堂（Hall of Fame）。一九三四年三人入選大聯盟明星隊赴日交流，與日本選拔隊交手十六場全勝，另安排兩場兩國選手混搭的比賽。

11. 今台北西門町一部分，約為現萬華區漢中街、中華路、西門紅樓附近。

12. 台灣日治時期，日本殖民當局對台灣漢人的統稱。與本島人相對的稱呼是「內地人」，指自日本本土移居台灣的日本人。

13. 嘉義農林出身，為一九三一年嘉農參加夏季甲子園時的王牌投手。畢業後赴日就讀早稻田大學，一九三六年獲得東京六大學野球聯盟秋季賽打擊王，一九三八年追平當時通算全壘打紀錄七支。

14. 日治時期的官營鐵路專責機構，為今台灣鐵路管理局的前身。

15. 今高雄市立高雄高級商業職業學校。

16. 正式名稱為「全國中等學校優勝野球大會台灣大會」，是台灣日治時期一九二三年～一九四一年間舉行的全國中等學校優勝野球大會（俗稱夏季甲子園）的台灣預選賽。

17. 實際名稱為「圓山綜合運動場」，日治時期為棒球比賽重要場地，國民政府遷台後曾改建為中山足球場，如今則為不具備運動賽事功能的花博爭豔館。

18. 日治時期台北地區的私營鐵道會社，簡稱北鐵，主要經營新店線以及若干台車軌道路線。

19. 日治時期萬華至新店的私營鐵道，原址約為今台北市汀州路、羅斯福路、新北市新店區北新路。二戰後由台灣鐵路管理局接收，全線於一九六五年停止營運，是台鐵最早停駛的鐵路支線。

20. 新店線的終點站，約在今新店碧潭吊橋後方

21. 白鶴酒造於一七四三年創立，至今仍是知名清酒品牌。在兵庫縣神戶市設有白鶴酒造資料館。

22. 日治時代台北市的兩大警察署之一，所在地為現台北市政府警察局本部。

23. 北鐵新店線車站，約在今台北捷運景美站附近。

24. 北鐵新店線車站，約在今台北市汀州路二段一八二巷口。

25. 日本警察階級，在警部之下，約為今台灣警察的二線一星初階警官。

26. 日本警察階級，在警部補之下，約為今台灣警察的一線四星基層佐警或二線一星初階警官。

27. 日治時期屬於台北州，今新北市新店區。

28. 公學校指的是大坪林公學校，即今新北市新店區大豐國小，車站位於現北新路、大豐路口。

29. 北鐵新店線車站，約在今新北市新店區北新路、中正路口。

30. 北鐵新店線車站，約在今新北市新店區北新路、順安街口，靠近現台北捷運大坪林站。

31. 北鐵新店線大坪林站與今台北捷運大坪林站位置不同，約在今新北市新店區北新路、永新街口，更靠近今台北捷運七張站。

32. 北鐵新店線車站，約在今新北市新店區光明街四五號。

33. 日治時期，在市之下設警察署，郡之下設警察課，文山郡警察課約等同今新店警分局。

34. 此車站為第二代高雄車站，一九〇八年啟用。一九四一年第三代高雄車站完工後，此站改為高雄港車站，二〇〇八年結束營運，現為「舊打狗驛故事館」。

35. 日治時期台灣總督府轄下的一級行政區，轄區約為今高雄市、屏東縣。

36. 第三代高雄車站，一九四一年啟用，二〇一八年高雄站鐵路地下化工程完工，為第四代高雄車站。

37. 日治時期高雄的警察署，位於現高雄市峰南里臨海二路。

38. 現台鐵山佳車站，一九〇三年設站，初命名為山仔腳，一九二〇年改為山子腳。

39. 原糖鐵嘉義車站位於今日台鐵嘉義車站後站處，當地至今仍留有「北港車頭」的稱呼，意為往北港的乘車處。

40. 日治時期大日本製糖會社經營的鐵道路線，從嘉義經北港至虎尾，除貨運外也兼辦客運。戰後明治製糖、大日本製糖、台灣製糖、鹽水港製糖合併成台灣糖業公司，各製糖會社所屬路線均改由台糖經營。而北港線曾為台糖鐵路業績最佳，也是最後廢止的營業線。

41. 日治時期嘉義的警察署，位於現嘉義市中山路，現為嘉義市警察局。

42. 糖鐵北港線車站，約為今嘉義市遠東街五一巷、興達路口。

43. 日治時期為台籍兒童所設的學校，就學資格為八歲以上、十四歲以下的台籍兒童。

44. 明清時代科舉，通過院試者為秀才，亦是「生員」的俗稱。秀才是進入士大夫階層的最低門檻，代表有了功名在身，在地方上受到一定的尊重，亦有各種特權。

45. 古代科舉中的地方考試，參加鄉試者，需有秀才、貢生等諸生資格。

46. 明清時期，參加最初階的府試、州試、縣試後，通過者稱為童生。

47. 清代獲得童生資格者，可參加由各省學政或學道主持的院試。歲試為院試的一部分，每三年舉行兩次，每逢辰、戌、丑、未年舉辦，歲試通過者即為秀才。

48. 生員即秀才。

49. 科試為院試的一部分，寅、申、巳、亥年舉辦的稱為科試，由具有秀才資格者應考，科試通過者才可取得應考鄉試資格。

50. 清代大部分時間台灣屬於福建省，參加鄉試者須前往福建省會福州應考。一八八五年後台灣雖已建省，但並未獨立舉辦鄉試，考生仍須赴福州進行鄉試。

51. 馬關條約後台灣割讓與日本，本居住在台灣的居民可在一八九七年五月八日前自由選擇是否要留在台灣。經過該日而未離開者，即依《台灣人民國籍處分辦法》，自動成為日本國民。

52. 清代長篇諷刺章回小說，作者吳敬梓，描寫康雍乾時期科舉制度下讀書人的功名和生活。

53. 長年屢試不中的范進，飽受欺凌羞辱，一夕考取舉人後，旁人態度大轉變，故事充滿諷刺。

54. 創立於一九一四年，是台灣第二所設立的公立中學校，即現台南二中。

55. 日治時期為日籍學童所設置的學校，科目與日本本土一般的尋常小學校完全相同。

56. 在台南市亭仔腳街，即今日青年路附近，主祀五福王爺的廟宇，時人稱「亭仔腳王爺廟」。

57. 一九〇五年九月清政府宣布所有鄉會試一律停止，自此延續千年的科舉制度正式宣告廢除。

58. 唐朝將領，太后武則天廢唐中宗改立唐睿宗，又臨朝稱制後，起兵討武，後兵敗身亡。

59. 唐朝著名詩人，做為徐敬業的幕僚，起草了著名的《為徐敬業討武曌檄》。

60. 日治時期台南四大戲院之一，一九一一年落成，二戰期間遭炸毀，原址位於今台南市西門路。

61. 題材取自《三國演義》蜀漢大將黃忠於漢中之戰擊斃曹魏大將夏侯淵的故事。

62. 為北宋楊家將在兩狼山被遼軍圍困，楊繼業因援軍不至，最後一頭撞死在李陵碑上的故事。

63. 日治時期仿效清朝以來的保甲組織，令十戶組一甲，百戶組一保，互相監視並規定連坐。每甲設甲長，每保設保正，保正由保內各戶選舉推派，後演變為類似今日的鄰、里長性質。

64. 一九一五年由余清芳主導的大型武裝抗日事件，自立「大明慈悲國」，起事後遭日軍擊潰，並造成玉井、楠西、南化、左鎮及周邊地區村莊遭日軍毀滅性屠村，受創極深，是台灣日治時期諸多起事之中規模最大、犧牲人數最多的一次的抗日事件。此事件使台灣人認識到因軍事實力懸殊，武裝抗日已不可行，改以和平方式爭取民主自治，由武裝暴力轉為以社會運動與政治訴求的文化抗日運動。

65. 約為今日台南市新化區、新市區、山上區、左鎮區、玉井區、大內區、永康區。

66. 明代陳邦瞻以紀事本末體編撰記載宋朝歷史的史書

67. 一八九四年，也就是光緒二十年甲午年所舉辦的鄉試。清代時科舉分為正科與恩科，固定每三年舉行的考試稱正科，國家遇到特殊節慶加開的考試稱恩科。

68. 清代台灣省的正式官方名稱為福建台灣省，台南府安平縣約為今台南市南部、高雄市北部。

69. 明清時代生員依成績分為三類，成績最好的稱為廩生、次之為增生，最末為附生。

70. 古時兒童開始入書塾接受啟蒙教育稱開蒙，後泛指開始教兒童識字學習。

71. 台北城中心，各式機關林立，約為今台北市中正區中央。

72. 約為今台北市許昌街、信陽街、漢口街一段、襄陽路、懷寧街之一部分及館前路。

73. 為今中華路。

74. 清領時期台北府首縣，所轄範圍包括今台北市、新北市，及桃園市部分區域。

75. 清領時期台北府下轄宜蘭縣、基隆廳、淡水縣、新竹縣，涵蓋整個北台灣。

76. 古代衙門差役大致分為皂隸和捕快，合稱皂快。快班由捕快組成，負責緝捕盜匪與刑案偵辦，皂隸則屬於皂班，包含如站堂役、刑仗役及糧差役等基層行政人員。

77. 日治時期常駐台灣的日本陸軍，二戰中改編為第十方面軍，總部即為現國防部後備司令部。

78. 綽號人間機關車，出身自嘉農棒球隊第二代的球員，畢業後陸續效力於日本職棒巨人、阪神及每日隊。吳波於一九四三年改名，以日本名石井昌征歸化為日本籍，職棒登錄名為吳昌征。

79. 慶應大學出身的明星選手，畢業後進入社會人強隊東京俱樂部，職棒開打後加入阪急隊。

80. 慶應大學出身的明星選手，職棒開打後與宮武一同加入阪急隊，後擔任阪急隊監督。

81. 大正天皇在位時期（一九一二～一九二六年），日本受到十九世紀以歐洲為中心所發展而來的浪漫主義影響，自由開放、個人解放與種種新時代的理念得以盛行。

82. 日本棒球史上早期的天才投手，一九三四年他年僅十七歲，尚在求學階段便進入日本選拔隊，主投與貝比．魯斯等大聯盟明星隊的比賽，僅以一比〇小負。職棒開打後加入巨人隊，投出日本職棒史上第一次無安打比賽，也是第一個獲得單季二十勝的投手。但因為戰爭關係，職棒生涯兩度接到兵役徵召而中斷，最後搭乘的運輸船在台灣海峽遭到美軍潛水艇擊沉，隨船葬身海底。他被譽為日本棒球界戰前最偉大的投手，一九四七年日本職棒為了紀念他，成立「澤村賞」來表揚年度傑出的投手。一九五九年日本棒球名人堂成立，他成為第一位獲選的球員。

83. 日本職棒早期二刀流明星球員，一九三六年加入阪神虎前身大阪虎隊，立教大學出身。

84. 花蓮阿美族人，漢名葉天送，就讀日本平安中學、日本大學，一九三九年大學畢業後加入日本職棒南海隊，一九四四年曾獲得打擊王。退役後繼續在南海隊擔任教練。

85. 花蓮阿美族人，漢名羅道厚，一九二五年隨「能高團」遠征日本比賽聲名大噪，被挖角至日本平安中學、法政大學，一九三六年日本職棒成立後加入東京參議員隊，是首位打職棒的台灣人。

86. 位於今台北市中正區，範圍約為現中正紀念堂。

87. 約為現中正紀念堂東側。

88. 發表於一九一一年的日本陸軍軍歌，由加藤明勝作詞、永井建子作曲。

89. 日本在一九四五年之前培育陸軍軍官的學校，幾乎所有日本陸軍將佐均出身此校，其中不乏日本皇族，學員畢業後可獲得少尉軍銜。

90. 即一九三一年發生於中國東北的「九一八事變」。

91. 即一九三七年八月的松滬會戰。

92. 一九三八年一月至六月中日在以徐州為中心爆發的重要會戰，台兒莊大戰即為徐州會戰一部分。

93. 日本陸軍於一九三八年進行軍裝改正，新式軍裝稱為「昭和十三年制式」。

94. 特別高等警察，是日本帝國的秘密警察組織，以維持治安的目的，鎮壓危害社會體制活動的思想，以保障帝國安全。除日本本土外，台灣、朝鮮等殖民地也有設置。

95. 台北州警務部，管轄區域為現台北、新北、基隆、宜蘭，下轄各地設警察署、警察課。

96. 一九二七年成立，是台灣人成立的第一個政黨，主導人包括蔡式穀、李應章、蔣渭水、林獻堂、蔡培火等人。最初在台灣總督府多方的阻撓下，不斷更換黨名、修改黨綱，最終在當局有條件的允許下成立。但一九三一年二月十八日台灣民眾黨第四次全體黨員大會進行中，被警方當場聲明已被取締，同時逮捕蔣渭水等人，台灣民眾黨遭解散走入歷史。

97. 北鐵新店線車站，約在現台北市汀州路詔安街口至螢橋國小前。

98. 北鐵新店線車站，約在現台北市汀州路與思源街口一帶，鄰近自來水園區。

99. 一九三八年的七星郡轄下有汐止街、士林街、北投街、內湖庄。現隸屬於台北市。

100. 一九三七年成立的日本職棒隊，原稱「後樂園鷹隊」，一九三八年改稱「鷹隊」，一九四〇年因聯盟要求隊名不能有外來語，便改為「黑鷲軍」，一九四二年再更名「大和軍」，一九四三年球季結束後解散。

101. Viktor Konstantinovič Staruchin，出生於俄羅斯帝國，因俄國革命家族遭到迫害，一九二五年舉家移民日本，成為無國籍的白俄移民。一九三六年加入巨人隊，二戰期間，他被迫改名「須田博」，後來更是被當成敵性人種，遭軟禁在長野縣輕井澤。戰後他重新投入職棒，成為日本職棒早期最偉大的投手之一，也是日本職業棒球史上首位達成三百勝的投手。

102. 日本傳統弦樂器

103. 日本職棒早期使用的球場，一九五八年停止使用，位於現名古屋市綠區。

104. 日本職棒創始元老球隊之一，即現中日龍隊。

105. 由總督府交通局鐵道部與遞信部組成的聯隊，稱霸一九三〇年代初期的台灣社會人球界。

106. 一九三〇年代後期興起南部的社會人球隊，擁有嘉農出身選手如蘇正生、李詩計。

107. 一九二〇年代明治大學投手，和同時期早大谷口五郎、慶大小野三千麿並稱「大正三大投手」。

108. 現屏東縣南州鄉，原稱溪州，因與彰化縣溪州鄉同名，一九五八年改名為南州。原一九二三年啟用的溪州車站即為現台鐵屏東線的南州車站。

109. 現台鐵屏東線的一部分，一九四一年溪州線延伸通車至枋寮後改稱屏東線。

110. サクマ式ドロップス，由佐久間製菓株式會社於一九〇八年開始生產的綜合水果糖，最大特色是將水果糖裝在方形鐵罐中。後來各廠牌也陸續推出類似產品，至今仍然暢銷。由於動畫電影《螢火蟲之墓》曾出現過，因此為人所熟知。

111. 全名為警察官及司獄官練習所，台灣總督府於一八九八年從巡查看守教習所改制而成，練習所分為警察官和司獄官兩部，各部又再區分為甲科和乙科，警察官部甲科訓練合格後，將依其成績任用為警部或警部補，乙科則為初任警察的基礎養成教育，訓練合格後任用為巡查。原址現為台北市龍山國中。

112. 一九二六年台北州警察衛生展覽會所展出的一張海報，將警察化身為千手觀音菩薩，一手拿刀一手拿佛珠，代表糖與鞭子無事不管，海報上頭還書寫著「南無警察大菩薩」，希望能一掃對警察的刻板印象，化裝成救苦救難的活菩薩。

113. 一九二八年成立，隸屬於日本共產黨領導的「台灣民族支部」。台共在台灣日治時期，被台灣總督府視為非法政黨而加以取締。一九三一年九月，台灣共產黨黨員遭大舉逮捕入獄，台灣共產黨停止運作，宣告覆滅。

114. 台灣農民組合受到日本農民組合、日本勞農黨的馬克斯思想所影響，一九二六年在鳳山招開了「各地方農民組合幹部合同協議會」，成立串聯全島的組織。台灣農民組合曾數次發起農民集體抗爭，也多次遭到殖民當局取締。

115. 《教育敕語》為日本明治天皇於一八九〇年十月三十日頒布。主要是要糾正當時日本教育偏重於歐美器物的介紹，而忽略道德教育的問題。故《教育敕語》成為學生在固定慶典時必須朗讀背誦的文件。

116. 為日治時期於台南設置的監獄，該刑務所規模僅次於台北刑務所，以收容許多「匪徒」等重刑犯聞名。曾收押過余清芳、羅俊、江定等西來庵事件的參與者，也關過因「治警事件」入獄的蔡培火、陳逢源、楊華等人。

117. 中國神話傳說中將文曲星視為主管文運與考試的星宿。古時富於文筆、於科考中脫穎而出者，常被視為文曲星下凡。

118. 一九〇七年原駐紮在台灣的台灣守備混成旅團改編為台灣守備隊，其中第一守備隊設於台北，第二守備隊設於台南，故第二守備隊又稱台南守備隊，曾參與平定西來庵事件。

119. 位於今台南市新化區。

120. 在今台北市中正區衡陽路、寶慶路、秀山街之全部及博愛路、延平南路之一部，衡陽路在當時名為「榮町通」。是當時台北最繁華的區域，因而有「台北銀座」之稱。

121. 日治時期海山郡包括現新北市板橋區、土城區、三峽區、鶯歌區、樹林區、中和區及永和區。板橋街即現新北市板橋區。

122. 日本在大正及昭和時期設置的重要交通機構，負責管理公有鐵路以及私營鐵路的指揮監督。是二戰後的運輸省及日本國有鐵道的前身。

123. 一八七二年在東京創刊的報紙，一九一一年與《大阪每日新聞》合併，不過兩報持續使用原名在東京及大阪兩地分開發行，至一九四三年才共同使用現名《每日新聞》。

124. 即庫頁島。庫頁島原為沙俄管理，一九〇五年日俄戰爭爆發後，日軍全面占領庫頁島。戰後兩國簽訂《樸茨茅斯和約》，俄國割讓庫頁島北緯五十度以南的領土與日本，直到一九四五年八月八日蘇聯對日宣戰之前，北庫頁島為蘇聯所有，南庫頁島為日本治理。

125. 東京ラプソディ。一九三六年由門田ゆたか作詞、古賀政男作曲、藤山一郎演唱的當代流行歌曲，創下三十五萬張唱片的優異銷售成績。現日本職業足球隊ＦＣ

東京的球迷，以及部分東京地區的高中棒球應援團，將此曲改編為比賽應援曲，至今仍在球場傳唱。

126. 橫跨戰前、戰後的日本著名歌手、音樂家、作曲家、指揮家，一九九二年獲日本政府授予「國民榮譽賞」。

127. 一八九九年建於台北市中心的公園，即現「二二八紀念公園」。此公園是台灣首個承襲歐洲風格的近代都市公園。由於興建與落成時間，皆晚於一八九七年落成的圓山公園，故命名「新公園」。

128. 台灣日治時期於一九三六年為推進台灣工業化和開發南中國、南洋為目的而設立的半官半民之國策會社。台拓的產業遍及台灣以及東南亞，初期以圍墾、開墾等農林事業為主，在第二次世界大戰時的核心業務為生產戰爭相關物資，如棉花、奎寧、橡膠、稀土礦產等，以供日本使用。一九四五年日本投降後，台拓被盟軍駐日總司令部指定為關門機關後解散，台拓在台灣的全部資產則於一九四七年二月一日被台灣土地銀行接收。

129. 台灣總督府交通局鐵道部除負責鐵道興建營運外，還於一九三三年起設置自動車課，負責鐵道未達之處的巴士客運。

130. 位於現台北市大同區寧夏路錦西街口，為台北市市定古蹟，曾為台北市警察局大同分局，今則改作為「台灣新文化運動紀念館」場館。

131. 建於一九一七年，是日治時期台北市大稻埕著名的飯店，位於現台北市大同區歸綏街、甘州街口。為四層樓紅磚建築，設置有女侍服務與飲酒空間，專營台菜。原建築於一九七六年拆除，原址改建為住宅大樓。

132. 位於現台北市民生西路、民樂街口。

133. 藝旦為台灣清領與日治時期存在的女性行業，類似於歌舞妓或歌姬等，於宴飲時陪侍在側或進行歌舞表演。藝旦間則是擁有藝旦陪侍的餐館、酒家。

134. 一九二三年當時尚為日本皇太子的裕仁，即後來的昭和天皇，應第八任台灣總督田健治郎的邀請，前往台灣視察。行程遍及基隆、台北、新竹、台中、台南、高雄、屏東及澎湖等地。

135. 日治時期，台灣人對當權的日本人私下蔑稱為「四腳仔」，即用四隻腳走路的畜生之意。而對於服從日本人之意行事的台灣人，則稱為「三腳仔」，即連畜生都不如之意。

136. 台中州轄域約為今台中市、彰化縣、南投縣。

137. 即一九三〇年的霧社事件。

138. 是日治初期的江湖人物，在一九〇九年八月開始的三個月內，偷竊、搶劫大量北台灣的官署與富豪，後在台北八里山區與警方搏鬥時，被友人背叛殺死。廖添丁在台灣民間信仰中被神化，加上戲曲、講古的渲染，因而被英雄化演變為今日台灣人眼中的抗日傳奇人物及義賊。

139. 即今日的新北市新莊區、泰山區、林口區、五股區、三重區、蘆洲區總和。

140. 即今日的新北市淡水區、八里區、三芝區、石門區總和。

141. 日本江戶時代町奉行為幕府下轄的官職，掌管當地的行政、司法。

142. 廖錫恩為日治時期台灣文人，其代表作〈題江山樓〉被收錄於連橫主編的《臺灣詩薈》。

143. 淡水線車站，站址約為今台北市民生西路、萬全街口。

144. 一九〇一年正式開通，由台灣總督府交通局鐵道部管理營運，戰後移交給台灣鐵路管理局，一九八八年為了興建台北捷運淡水線廢止拆除，其路線幾乎等同於現捷運淡水線。

145. 一八九五年五月三十一日，台北城內發生李文魁之亂，李文魁原是直隸游匪，跟隨淮軍來台。李文魁殺害副將方良元，入庫奪取軍餉。六月四日，台北城內又發生粵勇焚毀撫署叛變。

146. 一八九六年元旦台北義軍胡阿錦、陳秋菊、簡大獅等人集眾合攻台北城，但仍以失敗告終。

147. 明末南京兵部尚書、東閣大學士，一六四五年鎮守揚州城拒絕清軍勸降，最後城破力戰而亡。清軍因在揚州戰事遭受不小損失，攻陷揚州後下令屠城，稱「揚州十日」。

148. 五代時期政治家，歷事五朝、八姓、十一帝，前後為官四十多年，堪稱中國官場史上的不倒翁。歷代史家因傳統的忠君觀念，對馮道歷事各朝的作為非常不齒。近代歷史學家則對馮道有了不同的評價，不少人開始為馮道辯護，從務實的角度來看，馮道的累受重用對五代政局與國家穩定反而起著正面作用。

149. 位於淡水河與基隆河交口附近，今台北市大同區哈密街一帶，是晚於艋舺而早於大稻埕的台北市舊聚落。

150. 即今新北市淡水區。

151. 西元一八九二年。

152. 即今新北市汐止區。

153. 下午一點到三點。

154. 中午十一點到一點。

155. 清領時期隸屬台北府，設置通判，兼理通商煤務。轄區包括今基隆市、新北市汐止區、平溪區、瑞芳區、金山區、萬里區、石門區、貢寮區、雙溪區。

156. 中國古時死刑，對罪行無疑且嚴重的罪犯立即實行斬首處決。

157. 清領台灣建省後，台北府掌管包括現新竹縣、宜蘭縣以北的整個北台灣，設置知府管理。

158. 上午七點到九點

159. 晚間七點到九點。

160. 即「捕頭」的正式名稱。

161. 台北府城東門，正式名稱為「景福門」，一九六六年台北市政府以「整頓市容以符合觀光需要」為由，將東門、南門、小南門的原有清代樓閣與大部分的城墩拆除，改建為仿華北式建築。

162. 淡水線車站，約為今新北市淡水區民權路、民權一街之間。與現台北捷運竹圍站位置相仿。

163. 淡水線車站，約為今新北市淡水區中正東路、英專路口。與現台北捷運淡水站位置相仿。

164. 淡水線車站，戰後改稱「關渡站」。約為今台北市北投區大度路三段二九六巷、立功街五五巷口。與現台北捷運關渡站位置相仿。

165. 使用柴油動力的鐵道列車。

166. 鐵路月台的一種型態，為路軌在兩側，月台被夾在中間的設計。

167. 日本從大正時期至二戰之間的重要國家戰略之一，粗略可分為大正南進期、中國抗日戰爭前期、太平洋戰爭等三時期。廣義政策施達區域則涵蓋華南、台灣、東南亞等。

168. 中日雙方在一九三八年十月於廣州進行的戰事，最終由日軍攻占廣州落幕。
169. 大本營是甲午戰爭到太平洋戰爭期間日本帝國陸海軍的最高統帥機關，能夠以大本營命令形式發布天皇敕命，直屬於天皇的最高司令部。
170. 是日本代表性的大型海運公司之一，與三菱商事同為三菱財閥的源流企業。
171. 即碧潭吊橋，該橋於一九三七年完工。
172. 位於本來的新起街而得名，在現台北市萬華區漢中街、中華路，西門紅樓附近。
173. 即今西門紅樓。該建築一九〇八年所建，日治時期為市場，今為台北市著名的文創藝文場所。
174. 日治時期的報紙，由《臺灣新報》和《臺灣日報》整併而成，一八九八年創刊，帶有官方色彩，為當時台灣第一大報。報社原址位於現台北市中正區中華路、衡陽路口。
175. 西元一八九八年。
176. 西元一九一五、一九一六年。
177. 即今台南市玉井區。
178. 即今台南市玉井區玉井國小。
179. 結合古中國武術和藝術的民俗表演，傳說出自小說《水滸傳》宋江攻城所用的武陣。宋江陣流傳於嘉南平原以南的農村，以台南、高雄最多。早期屬於農閒時期農村子弟學習武藝的活動，日治時代因高壓統治，取而代之成為宗教活動酬神娛人的武術表演性陣頭。

180. 約等於今高雄市鼓山區壽山、惠安、延平、新民等里所轄範圍。

181. 約等於今高雄市鼓山區麗興、維生兩里所轄範圍。

182. 即現阿里山森林鐵路。

183. 日治時期明治製糖會社經營的鐵道路線，從嘉義經朴子至港墘，除貨運外也兼辦客運。

184. 即今台南市新市區西部。

185. 台灣總督府為鎮壓台灣人民的武裝抗日活動，於一八九八年發布《匪徒刑罰令》。凡「對抗官吏、軍隊，破壞建築物、船車、橋樑、通信設施，掠奪財物、強姦婦女」等情節，不論首從，全部處以死刑，而且未遂犯也視同正犯。藏匿匪徒或幫助匪徒逃脫者，則處以有期徒刑。

186. 即今台南市警察局新化分局。

187. 日治時期的戶口調查簿分為正、副簿。正簿存於郡（市）役所，副簿存於警察官吏派出所，實際進行戶口調查的為警察單位。

188. 日治時期戶口登記分為本籍和寄留，寄留即是於本籍外，在一定場所有住所或居所者。

189. 日本四國的鐵道路線，自香川縣高松市經愛媛縣松山市連接愛媛縣宇和島市。路線名稱的意思是路線貫通的兩個日本古代令制國：伊予國和讚岐國。

190. 日本四國的鐵道路線，自香川縣高松市連接德島縣德島市。

191. 阿波舞起源於日本德島縣（令制國時代為阿波國）的一種盆舞，起源於十六世紀；在夏季時，德島縣內各地都會舉辦相關祭典，其中以德島市舉辦的德島市阿波舞規模最大。

192. 一八九六年一月一日六名剛赴台灣擔任「芝山巖學堂」日語教師的日本人，本想參加台北城的元旦慶典，卻遇上抗日義軍發起的台北城反攻，芝山岩附近遭抗日軍殺害斬首。台灣總督府將六位遇難老師骨灰安葬於芝山岩山頂的大樟樹處，稱其為「六氏先生」，並舉行盛大追思典禮，還設立「學務官僚遭難之碑」，由時任日本內閣總理大臣伊藤博文親擬碑文及篆字。

193. 即中元節。

194. 音読み。日語漢字的一種發音方式，保留該漢字當初傳入日本時的漢語發音。

195. 一九二七年組成，為當時日本社會人球界最具代表性的俱樂部球隊，隊中成員多來自於六大學畢業的好手。從第一屆都市對抗大會開始，連續十一年做為東京代表參賽，共四度獲得優勝。後因各會社多自行成立球隊，以及日本職棒開打，導致好手外流，便於一九三八年宣布解散。

196. 日治時期總督府為掌管全台所有專賣事業，包含鴉片、食鹽、樟腦、香菸、酒、火柴、度量衡、石油等，所成立的機構。戰後改組為台灣省菸酒公賣局，現改制為台灣菸酒公司。

197. 夕焼け小焼け，是中村雨紅於一九一九年發表歌詞，草川信於一九二三年作曲的歌曲，堪稱是全日本最著名的童謠。每天到傍晚的時候，全日本各地都會通過鐵塔或電線杆上的揚聲器播放這首歌，做為提醒周邊的小孩子該回家的信號。台灣曾發行過閩南語翻唱版〈遊夜街〉。

第六屆【金車・島田莊司推理小說獎】決選入圍作品評語

（本文涉及謎底與部分詭計，請在讀完全書後再行閱讀）

日本推理小說之神／島田莊司

野球俱樂部事件／唐嘉邦

最近我在演講等場合中常會提到，創作上各種不明確的地方、判斷局面時所做的巧妙與拙劣選擇、好小說與壞小說的分界線、二十一世紀本格推理是什麼、為什麼現在需要它，對於這些疑問的解答，全都存在於對推理小說史的內容是否有適切地掌握。我一直都是如此主張的，而在這次評選上的問題點，似乎也與此相同。

我認為推理小說史大致可以分成四個時期來俯瞰：第一期，由科學革命所創造，信奉科學的文藝時代。第二期，由范・達因提出的密碼型、容器型的遊戲本格推理。第三期，接近自然主義的社會派文藝時代。第四期，解謎的本格復興時代。

第一期是像愛倫・坡、柯南・道爾這樣，基於對科學的絕對信奉精神，誕生出不畏迷信、詛咒、鬼魂，以備受期待的新市民之姿登場的偵探，亦即科學家身分的名偵探誕生的時期。

第二期是對這種新文學看過二千多本的美術評論家，提出最有趣的推理小說應具備的條件，做出容器型模式的提議，讓這個領域邁向黃金時期的重要時代。這個時候，信奉科學作為唯一的主軸遭到捨棄。

第三期，因為這樣而以受限的材料展開的創作，對於前面提到的模式開始呈現出極端的依賴性，這造成小說脫離現實，引來成人的嘲笑，這令作者們開始自律，認為應該寫出更符合現實的殺人事件才對。因此，實際存在於這世上的警探，以實際進行的方法展開搜查，眾多寫實小說就此問世。但也必然的，謎題和詭計會被視為非寫實，這個流派的作家對此不感興趣。

第四期只存在於日本，雖然推廣到亞洲，但歐美至今還沒有出現。日本逐漸成為亞洲推理小說的帶動者，但日本的情況卻與此有很大的不同。

前面所說的第一期是否曾存在於日本，實在說不準。江戶川亂步對於日本沒有科學革命感到失望，於是開始積極地接觸江戶時期流行的見世物小屋（畸形秀），並運用這項嗜好，創生出一種文藝類型，然後在日本扎根。但也因為這樣，與愛倫·坡、柯南·道爾所追求的目標有很大的差異。

第二期在同一時代並未在日本扎根，也就是說，日本作家們未能成功引進這個流派。

第三期就日本的情況來看，松本清張的創作活動符合其標準。美國因為有西部片這項傳統，所以他們喜歡描寫配槍的男性私家偵探，但在日本，卻只有外貌平庸的重案組中年刑警登場。雙方都對大型的解謎或複雜的詭計不感興趣，而日、美雙方的共通之處，就是這個流派全都是自認有過人文采的作家。

第四期只在日本登場。在拙作《占星術殺人事件》和《斜屋犯罪》的帶領下，之後的年輕作家帶來了文藝復興運動。在這個流派中，因為《斜屋》的影響，范・達因的流派比美國晚了七十年才在日本復活，再加上與這個流派的中心人物綾辻行人常用的人物記號化表現合併運用，由范・達因開始的這種創作，逐漸在日本國內扎根。

如果以掌握歷史為前提來看，則島田獎對於第一期、第二期、第四期的作品範例的優劣判斷，會充分發揮其力量。不過，這次我們明白了一件事，當面對傾向第三期，亦即近代自然主義所創造出來的作品時，用這個標準來評量會是個難題。說得更深入一點，擔任複選評審的各位，可以自在地閱讀中文，真切地感受到優美文筆的纖細內涵，以及巧妙的語彙選擇所帶來的感動，而在這種情況下，依賴複選評審的比重就會因此提升。

例如《占星術殺人事件》、《斜屋犯罪》、《殺人十角館》如果是候選作品，便能藉由詳細的大綱做出正確的評價。因為這既然是構造性的機關或詭計，亦即著重設計圖創作的本格作品，文筆就會位居「從」位，而非「主」位。

但是像《砂之器》、《火之路》、《黑色畫集》等作品，則不能這麼做。因為文筆好壞升上了「主」位，所以要光憑大綱來評估其優劣，幾乎是不可能的事。這種事在其他的文學獎中可能不會發生，身為不懂中文的評審，實在覺得很抱歉，同時也對諸位複選評審過人的能力無比感謝。

台灣這個國家經歷了特殊且微妙的歷史，這不只是過去才有的事，或許現在才算是處於艱難的巔峰。在李登輝這位政治家傑出的才幹與熱忱下，台灣得到了遠比漢字文化圈內的鄰近諸國都要完善的自由主義，所以文學家要做的工作相當多。對這種歷史情況所展開的考察和考量，在這次的島田獎中也必會認真看待。

不過，光就大綱來看，我產生了一個念頭，那就是希望這部作品能有更進一步的完成度。日本人特別喜歡棒球，那是因為這種比賽沒有足球或籃球那樣的速度感，是各種狀況都需要仔細思考，想出如何因應的特殊運動，比賽中出現這些狀況的時刻，也充分呈現出人們的生存方式，包含了運氣好壞這樣不合理的要素在內，讓人聯想到人生的縮影。既然是這樣，將這部小說的主張寄託在棒球這種人生遊戲的展開上，以此種雙重構造呈現的演出，身為一名棒球愛好者，忍不住充滿期待。因為不管再怎麼思考，最後還是運氣支配了情節發展，這種無法預料的激烈變動正是人生。但這樣的寫作投影沒能讓這部作品成為更好的傑作嗎？我腦中存有這個疑問。

這部推理小說還有另一面，那就是可以當作鐵道謎題來看，列車的某個運作方式被人發現，但這項發現似乎不足以令鐵道迷感到驚訝，這部作品應該仍舊算是自然主義、社會派。

就這層意涵來看，我對自己的判斷也感到不安，但我決定相信各位複選評審的感受。

強弱／柏菲思

這部作品與《野球俱樂部事件》都很出色，兩者展開激烈的競爭。光就細部的故事大綱與作者的論述來看，在很多方面，這部作品的技巧和文學性構思都略勝一籌。

舉例來說，女主角霜月對於她常進出的理科室裡的骨骼模型特別偏愛，還有個奇怪的嗜好，就是替它們取名字，且愛不釋手。這個點子頗具文學性，似乎找不到既有的相似例子，不落俗套，令人佩服。這樣的特殊性讓人深受吸引，也讓人對女主角遺留在過去的秘密，感到十分期待。

那重要的骨骼模型被人從校舍的高處拋下，撞向一樓地面砸成粉碎。但後來得知，這些碎片中摻雜了真正的人骨，而且是一個月前失蹤的阿玲的屍骨，這前所未聞的事件，讓人覺得就像親眼目睹一般，作為推理小說的風景，顯得格外鮮明。從這幾點來看，不得不認同這位作者的文學構想才能。

這部小說的故事內容描寫陰沉的霸凌，大部分的描寫似乎都放在讓現今社會為之苦惱的這種現象上。霸凌這種惡劣的壞事，對照現在同樣匯聚全球關注，香港市民為了守護一國兩制的自由而展開的奮鬥，有一種既視感。故事中充滿了無力關注此事的絕望黑暗，也讓人減輕原先對霸凌一詞所具有的平庸感受。

不過，霸凌一詞所引出的各種事件，奇妙地呈現出類似的外貌，讓人略感困惑。藏在抽屜裡的貓屍、被推落泳池的女主角、因父母的壓力而痛苦選擇自殺的校花……這些都像是沒什麼才能的作家，模仿之前的範例所做的聯想遊戲。作者是極具才能的女性作家，她讓珍貴罕見的獨創案例與既視感並行，如此隨機的陳述，卻忍不住教人聯想到女性們的生活實態，也讓我有些不可思議的感覺。

當中尤其讓人感到納悶不解的是關於人的強悍，就像在說出結論一樣，女主角根據自己的發現，提出「人的強悍就是這麼回事」這樣的信念，與書名《強弱》也有緊密的關聯，所以可視為作者很重要的主張。但這其實只能看作是「我絕不改變自己的想法，要貫徹做我自己」，讓人腦中產生問號：「這樣就夠了嗎？這不也是前面例子的延伸嗎？」，真正充斥在這個世界上的，其實是與這種自戀相衝突的「假強悍」，它到處惹出麻煩事，創造出令眾人疲於應付的問題人物，這種現象顯而易見，但作者沒做任何處置，就這樣放著不管，並提出略感平庸的主張，罔如讓人覺得似乎有哪裡不對勁。

簡單來說，霸凌者不就是這種視野狹隘、假裝自己很強的人嗎？而逼迫螢舟的父母又如何？說他們相信這是為了女兒好才這麼做，不管別人怎麼說也不為所動，不也同樣展現出這種假強悍嗎？

而小說中的霸凌者，相信自己既重要又偉大，要是存在自卑感，便更會堅持這種狹隘的觀點，硬是加深這樣的確信，但因為無法徹底實現，所以藉由制裁比自己更沒價值的人，以及制裁過著錯誤的生活方式、讓同伴感到不悅的人，以此來證明自己的偉大，不就是這樣嗎？這種信念和強悍穿幫時，如果跟老師坦承，怕會惹來麻煩，所以可能被迫壓抑下來，但如果是在能夠表達的情況下，就該滔滔不絕地說出才是。雖然不是只有這位作者才如此表現，但為什麼許多人都沒發現這點呢？

這樣的理解未必和評審們一樣，有時也可能是我自己的誤解。人生判斷的正確與否，我認為只有時間才能判定。某個主張正確與否，要看十年、五十年後，這個主張所說的未來是否真的到來，以此做判定的依據。我認為，一旦被逼入絕境就能預知未來的能力，已經可算是一種超乎常人的特質了。

所謂的不改變自己，往往是執著於肯定自己的一種醜陋的自戀行為，與自私自利的模樣沒有區別。其實早已發現大家都這麼做，但換作自己時，不也是閉著眼睛假裝沒看見嗎？

有助於人類全體進化的行為，是正確的判斷，這是生物界的習性，而如果獨裁權力開始無視於這種情形，堅持貫徹自己的正義時，就會讓人想起香港、天安門、文革的故事。在這個時代，大家都還沒有忘記那位K女士向我們展現出，對任何事都不為所動的女性強悍的一面，同屬漢字文化圈的我們，勢必得摸索、探尋另一個不同的答案。

還有一件令人在意的事，那就是，島田莊司主張在早期階段對謎題做出提示，小說裡的提示所指為螢舟的死或是屍體，但光是某個角色的死亡或屍體，並不能被視為謎題。如果是自殺，不知道的可能是他為何會死；如果是他殺，不知道的可能是他被殺的方法；如果不明白動機，那麼一開始就會是個謎。

「只要出現屍體，就會是謎題的提示」，如果是這種機械性的保證，那就是新本格推理的失敗，或是范．達因密碼型推理小說的失控。密碼型的盲目崇信，以及信奉條件網羅主義的貫徹，會使人不想放棄這種簡單易寫的特性，對此我們必須抱持懷疑的態度，因為那是一種怠惰心的展現，當一再誘導人們對既有的範例產生依賴，久而久之，世人便會提出要以社會派風格來取而代之的要求，我們必須學習並記取這樣的過去。

另外，希望請別將我的主張看作是一種條件網羅主義。我提出該主張的目的，是為了盡可能將領域的失控往後拖延，因此必須將本格推理小說的成立條件，凝縮在最小的限度。要稱得上是本格推理小說，絕對需要「謎→解決」的骨幹，引導人們解決謎題，這才是推理的邏輯，但所謂的本格推理，要透過一定程度的高度來取得其資格。簡言之，可以想像的是，光是將謎題置於作品的中心，便可成就一部傑作。謎題雖小，但還是有成為傑作的可能。

在標榜本格推理小說的作品中，光有謎題卻沒解決的小說，一部也不存在。如果是更上乘的本格作品，就算不是採用論文式的用語，也一定存在推理的邏輯。而除了前面提到的條件之外，小說也必須盡可能保有其自由發展的空間。

話雖如此，這部作品的優點，除了前面提到的幾項以外，還有很多。情勢逆轉的演出、犯人的意外性、經過計算的敘述性詭計，鮮明描寫出社會派主題的力量等等，可說是罕見的奇才，而作者也是透過這些優點，將這部作品推向了傑作的領域。

無無明／弋蘭

若光憑大綱要來理解一部作品，《無無明》最能引起我的興趣。因為只有這部作品是基於構造上的設計與獨特的發想來設立情節，是清楚地以設計圖構成的本格推理小說。

一名退休法官，他十五歲的女兒遭人殺害，被分割成六個部位棄置在不同的場所。更奇特的是，在棄置的六個屍塊旁，分別放了一個等身大的木偶。

丟棄屍體的場所與十五年前遭性侵殺害的另一名十五歲女孩的事件有淵源，女孩的父親，這次事件的被害人，就是當時負責對那起事件做出判決的法官。

在此，作者將某個心理學上的研究成果導入事件說明中。作者說，當人們想理解眼前的現象時，不會平均地注意到視線內的事物，而是只將注意力放在感興趣的某一點上，至於其他不關心的事物，則是當成背景看待，不會有所認知。這種視覺分離的習性，心理學家當作是人類在認知外界事物時的範例。人們會對注意的對象會採取機密的分析，並將當成背景看待的對象擺在意識之外，僅做粗略的分析。

在這部作品中，作者將這樣的人類認知範例，用於調查人員的心理。也就是說，在這個棄屍現場，雖然存在著兩個事件，但在人類視覺構造的誘導下，調查人員在無意識中只對其中一起事件有所認知，並將注意力放在明顯易見的現象上，而認定只有一起事件和其發生的背景。

調查人員只對被分屍棄置在現場、令人印象鮮明的屍體產生強烈興趣，至於擺在現場的木偶則沒進入他們的眼中。因此只對分屍案展開搜查，之後有很長一段時間，人偶都被屏除在調查的範圍之外。接著作者進行提問：人們為什麼對於顯而易見的重要證據可以這樣視若無睹呢？

其實在這名少女的命案之前，另外有個人物遭到殺害，他的屍體被分裝在這六具木偶中，這個人就是十五年前少女命案的犯案集團首腦。殺害第二名少女，是為了第一名少女被殺害所展開的報復行為，這名兇手在事跡敗露後，想讓藏在木偶中的這具屍體，說出他犯下第二起分屍案的理由。

雖能了解這是構想相當有趣的本格推理，但這樣的構想還是有其破綻。或許心理學上的見解是如此，但如此嚴重的案件，對調查的警方來說是不可能行得通的。

在血淋淋的棄屍現場，一開始吸引調查人員目光的，確實應該是這具被分割的屍體沒錯，但一旁擺著等身大的木偶，如此怪異又可疑的物體，如果還會被當作是背景而長時間被晾在一旁，沒進入警方的調查範圍內，這樣的情節發展，實在難以想像。倒不如說，這反而會成為警方很感興趣的對象。女孩被分屍的部位，與可疑的巨大人偶會被視為成對的搭配，呈現出獵奇事件的樣貌，任誰都有可能會猜想，人偶當中也許隱藏了屍體。

調查人員並非只有一人，有可能很快就進行分工，對人偶內部展開調查。如此重要又可疑的物體，就算擔心會弄壞它而有所顧慮（但這是殺人案），也可能嘗試用X光檢查，而在兇手把屍體放進木偶內的過程中，也會有些許屍體的血液或體液附著在木偶外面，這都是能夠想像到的事。氣味也可能傳到外面來，體液也會從容器滲出。

這個人偶如果分成上蓋和主體兩個部分，就能用放大鏡找出接縫處，從這個地方用器具撬開，這都是調查人員有可能會做的事。這樣的調查行動有可能會很細心地展開，如果最後裡面什麼也沒發現的話，讀者反而會更吃驚吧。

這位作者的失算之處在於，他認定有關心理學的視覺分離現象，在所有案件中都會機械式地發生，不會有例外。只要同意這點，那麼認為人們一定會將等身大的木偶看作是背景這點，就確實是他的失算了。既然是如此罕見的物體，人們一輩子應該很少有機會看到，大家看過的，都是體型小一點的人偶。既然是這麼罕見的大型人偶，人們就會把它們和分屍的屍體看作是成對的搭配，而納入有強烈興趣的優先注意對象吧。

如果看作是背景而不予理會的情形真的發生的話，那應該是更常見的普通物體，而且是體積小的東西才對吧。如果是像路邊的石頭或是木片，自然就會發生這種情形。假使是這些東西，就不太會懷疑它裡面是否空洞，也不太會懷疑裡面是否藏了什麼東西。倘若是手提包或煤油罐，當然就會產生想調查裡面東西的想法。等身大的人偶，會讓人聯想到棺木，如果是類似的東西，不是很容易讓人懷疑這是容器嗎？

這樣的失算雖然有點遺憾，不過這部作品的設計圖饒富趣味，是會讓人有好感的類型。如果從我在《野球俱樂部事件》的評語中所說的推理小說史分類來看的話，這部作品算是第一期的構想，同時也是第四期的案例。假使能夠採用更高深的最新科學見解，或許能找出突破點，一舉讓這部作品成為傑作。

國家圖書館出版品預行編目資料

野球俱樂部事件 / 唐嘉邦著. -- 初版. -- 臺北市：皇冠, 2019.09 [民108]. 面; 公分. --(皇冠叢書; 第4792種) (JOY ; 220)

ISBN 978-957-33-3477-4 (平裝)

863.57 108013693

皇冠叢書第4792種
JOY 220
野球俱樂部事件

作　　者—唐嘉邦
發 行 人—平雲
出版發行—皇冠文化出版有限公司
台北市敦化北路120巷50號
電話◎02-27168888
郵撥帳號◎15261516號
皇冠出版社(香港)有限公司
香港上環文咸東街50號寶恒商業中心
23樓2301-3室
電話◎2529-1778　傳真◎2527-0904
總 編 輯—龔橞甄
責任主編—許婷婷
責任編輯—蔡維鋼
美術設計—王瓊瑤
著作完成日期—2019年
初版一刷日期—2019年9月

法律顧問—王惠光律師

電腦編號◎406220
ISBN◎978-957-33-3477-4
Printed in Taiwan
本書定價◎新台幣300元/港幣100元